Der Spinatvampir

Gudrun Pausewang wurde 1928 in Böhmen geboren. Sie unterrichtete an deutschen Schulen in Chile, Venezuela und Kolumbien, später in der Nähe von Fulda. Die bekannte Autorin hat zahlreiche Titel veröffentlicht und wurde u.a. mit dem Gustav-Heinemann-Friedenspreis und dem Deutschen Jugendliteraturpreis ausgezeichnet.

Gudrun Pausewang

Der Spinatvampir

Mit Illustrationen von
Markus Grolik

CARLSEN

FSC
Mix
Produktgruppe aus vorbildlich
bewirtschafteten Wäldern und
anderen kontrollierten Herkünften

Zert.-Nr. GFA-COC-1278
www.fsc.org

Veröffentlicht im Carlsen Verlag
Oktober 2005
Mit freundlicher Genehmigung des Sauerländer Verlages

Umschlagbild: Markus Grolik
Umschlaggestaltung: Kerstin Schürmann, formlabor
Corporate Design Taschenbuch: Dörte Dosse
Gesetzt aus der Sabon von Dörlemann Satz, Lemförde
Druck und Bindung: Ebner & Spiegel, Ulm
ISBN-13: 978-3-551-37399-1
ISBN-10: 3-551-37399-X
Printed in Germany

Alle Bücher im Internet: www.carlsen.de

Das Prager Vampirviertel

Prag, die Hauptstadt der Tschechischen Republik, liegt an der Moldau. Am Ostufer befindet sich die Altstadt mit Rathaus und Universität. Der kleinere Stadtteil am gegenüberliegenden Ufer des Flusses unterhalb der Burg trägt den Namen »Kleinseite«.

Auf der Kleinseite liegt das Prager Vampirviertel.

Wie es dort aussieht? Dicht gedrängte, dunkle Häuser, enge Gassen, winklige Plätze. Früher gab es viele Trafiken im Viertel. Das sind Kioske, in denen Tabak, Zigarren und Zigaretten angeboten werden. Es gab auch jede Menge Cafés, Weinstuben und Gastwirtschaften. Sogar eine Druckerei und eine Bank. Auch Kirchen. Und ein kleines Rathaus. Vielleicht ist das alles heute noch immer so. Ich bin seit über siebzig Jahren nicht mehr dort gewesen.

Sicher kann man heutzutage auf der Kleinseite vieles finden, was es früher nicht gab, zum Beispiel Supermärkte, Cola-Dosen und Fernsehantennen. So ist das eben: Die Dinge ändern sich mit der Zeit. Aber manches bleibt auch gleich. So habe ich in einem ganz

neuen Prager Reiseführer gelesen, dass es auf der Kleinseite noch immer spukt – wie schon vor fünfhundert Jahren.
Da geistern nachts dürre schwarze Frauen durch die Treppenhäuser und lösen sich auf, wenn man sich ihnen nähert. In manchen Kellern grunzen Ungeheuer mit glühenden Augen und fetten Lippen. Knipst man das Licht an, sind sie verschwunden. Und in der Nerudova – das ist die breiteste unter den engen Gassen – erscheint nach Mitternacht ein Schwede mit dem Kopf unter dem Arm und seufzt so laut, dass man es bei Windstille jenseits der Moldau in der Altstadt hören kann.

Viele Jahre bevor ich zur Welt kam, lebte auf der Prager Kleinseite ein Vampirehepaar: die Grusels. Jarmil Grusel besaß am Ufer der Moldau einen Schweinezuchtbetrieb. Jule Grusel kümmerte sich um die Buchhaltung.
Vor allem nachts kam die Kundschaft. Schweineblut ist eine Delikatesse für Vampire. Mit dem Blut eines Ferkels wird ein Vampir für ein paar Stunden satt. Grusels Firma lief gut. Sehr gut sogar. Sie waren keine armen Leute.
Jule und Jarmil Grusel hatten eine zwölfjährige Tochter. Sie hieß Jette, hatte graue Augen, eine graue Haut und war so dürr, dass sie von weitem fast wie eine Heuschrecke aussah. Der elterliche Betrieb interes-

sierte sie nicht. Schon seit ihrem siebten Lebensjahr wollte sie Zahnärztin werden und sich auf die Behandlung von Vampirzähnen spezialisieren. Denn einen Vampirzahnarzt gab es bisher auf der Kleinseite noch nicht.

»Und wer übernimmt die Firma, wenn ich mal alt bin?«, jammerte Jarmil Grusel oft. »Ach hätten wir doch einen Sohn! Söhne interessieren sich eher für so einen Schweinezuchtbetrieb!«

Als die Eltern Grusel schon befürchteten, bis an ihr Lebensende ohne Nachfolger zu bleiben, bekam Jule seltsame Gelüste: mal nach Schweineohr süßsauer, mal nach Teufelskrallentee.

»Aha!«, sagte Jarmil und schöpfte Hoffnung. Denn solche absonderlichen Gelüste treten oft auf bei

Schwangeren. Und wirklich: Jules Bauch wurde immer dicker, ja geradezu unförmig dick. Sie konnte nicht mehr schnaufen, laufen, sich bücken, war nicht mehr in der Lage, einzukaufen oder in den Betrieb zu gehen, weil sie keine Stufen mehr hinauf- oder hinuntersteigen konnte. Sie war nur noch fähig zu sitzen oder zu liegen. Und zu stöhnen.

»Könnten das vielleicht Zwillinge werden?«, meinte Jarmil hoffnungsvoll.

»Diese Möglichkeit ist mir bisher noch gar nicht in den Sinn gekommen«, sagte Jule. »Zwillinge – das wäre doch gut, oder?«

»Wenn's nur keine Mädchen werden«, knurrte er düster.

»Die Chancen stehen fünfzig zu fünfzig«, sagte Jule. »Und warum sollten wir nicht auch mit einem Mädchen zufrieden sein?«

»Hauptsache, es wird ein zünftiger Vampir«, seufzte Jarmil. »Und es übernimmt die Firma …«

Vor langer Zeit, als die Häuser auf der Kleinseite noch neu waren, gab es keine Vampire in diesem Viertel. Nur Tschechen, Deutsche und Juden. Aber dann kamen sie plötzlich in Scharen, als Flüchtlinge. Bis dahin waren die Vampire in Rumänien zu Hause gewesen, in Transsilvanien. Dort hatte man damit begonnen, sie zu jagen, weil sie zu einer Plage geworden waren. Da hatten sie fliehen müssen.

Sie waren in alle Richtungen geflohen. Seitdem gibt es bedeutende Vampirkolonien in Wien, Budapest und Bratislava. Ein paar tausend Vampire leben auch in Lodz, einer großen Stadt in Polen. Einzelne besonders Wagemutige gelangten sogar auf Segelschiffen – später auf Dampfern – nach Nord- und Südamerika.

Jarmil bemühte sich, seiner Jule, die sich kaum mehr rühren konnte, kleine Freuden zu bereiten. Er brachte ihr einen Strauß roter Sumpf-Blutaugen. Die waren bisher ihre Lieblingsblumen gewesen.

Aber diesmal freute sie sich nicht. »Pfui!«, rief sie. »Der Geruch ist ja widerlich!«
Sie warf den Strauß in hohem Bogen durch das Fenster in die Moldau. Traurig sah ihn Jarmil davonschwimmen. Eine Wasserratte setzte sich darauf und lenkte den Strauß mit ihrem Schwanz.
»Wenn du keine Sumpf-Blutaugen haben willst«, seufzte Jarmil, »was willst du dann?«
»Pestwurz«, knurrte Jule.
Da fuhr Jarmil mit der Eisenbahn ins Adlergebirge, wo die Pestwurz an allen Bachrändern wuchert, und pflückte ihr einen Strauß der filzigen Riesenblätter. Aber als er mit ihm nach Prag zurückkam, waren die Blätter vertrocknet.
»Macht nichts«, sagte Jule, schnupperte verzückt an ihnen, kochte sich daraus einen Tee und trank ihn in drei Zügen aus. Darauf wurde ihr so heiß, dass ihr der Schweiß aus allen Poren lief. Das hat der Pestwurztee so an sich.
Jule badete lange in einer großen Holzwanne. Als sie aus dem Wasser stieg, rief sie in bester Laune: »Jetzt hab ich Hunger! Und wie!«

Vampire leben gern dort, wo es dämmrig, schattig, verwinkelt, düster ist und modrig riecht. Und wo es spukt. Deshalb zog die Prager Kleinseite die rumänischen Asylbewerber geradezu an. Denn auf ihr geht die Sonne eine halbe Stunde früher unter und eine halbe Stunde später auf als im übrigen Prag. Wenn sie nicht gerade senkrecht in die Gassen scheint, ist es dort schattig, ja düster. Und die Häuser der Kleinseite sind so verwinkelt und ineinander verschachtelt, dass viele Hausbesitzer gar nicht genau wissen, wo ihre Häuser anfangen und aufhören. Die dazugehörigen Keller befinden sich manchmal unter den Nachbarhäusern.

Auf der Kleinseite fühlten sich die Vampire gleich sehr wohl – fast so wohl wie daheim in Rumänien. In Prag hatte damals gerade die Pest gewütet, eine sehr ansteckende Krankheit, an der über die Hälfte der Bürger gestorben waren. Deshalb standen viele Gebäude leer und die Vampire richteten sich in ihnen häuslich ein. Der Bürgermeister hatte nichts dagegen. Ihm war es nur recht, wenn sich die Wohnungen wieder füllten. Und die Vampire waren ja fleißig und bezahlten pünktlich ihre Steuern, wie es sich gehört. Gewiss, sie waren Blutsauger. Aber meistens saugten sie nur auswärts Blut – und wenn in ihrem Viertel, dann nicht an Menschen. Mit der Zeit gewöhnten sich fast alle daran, das Blut im Laden zu kaufen oder eben bei den Grusels, sozusagen direkt vom Erzeuger.

Auch Jarmil holte für Jule Schweineblut aus seinem Zuchtbetrieb. Aber sie schlug ihm das randvolle Glas aus der Hand und kreischte: »Ich will kein Blut, ich will Fliegenpilze!«

In Prag wachsen keine Fliegenpilze. Schon gar nicht

auf der Kleinseite, wo wenig Platz zwischen den Häusern ist. Also fuhr Jarmil mit dem nächsten Zug wieder ins Adlergebirge. Im Gepäck hatte er einen Korb mit Deckel. In einem großen Wald stieß er bei Mondschein auf einen ganzen Hang voller Fliegenpilze. Er pflückte, bis der Korb voll war und ihm der Rücken wehtat. Mit den herrlich roten, weiß gepunkteten Pilzen fuhr er heim und freute sich darauf, seiner Jule diesen ausgefallenen Wunsch erfüllen zu können.

Die Grusels bekommen Nachwuchs

Als Jarmil daheim ankam und die Treppe hinaufstieg, hörte er, noch bevor er die Tür zum Schlafzimmer öffnete, die laute Stimme der alten Hebamme. Da merkte er, dass er mit seinen Fliegenpilzen zu spät kam.

Es waren keine Zwillinge. Es war nur ein Kind. Immerhin ein Junge. Aber was für einer! Nicht so schön mager, faltig und grau, wie Vampirbabys eben aussehen, sondern ekelhaft rund, rosig und pausbäckig, mit Speckfalten an den Beinchen. Jarmil beugte sich über seinen neugeborenen Sohn, sobald der frisch gebadet und schwarz gewindelt neben seiner Mutter lag.

»Jule«, rief er bestürzt, »der hat ja keine Vampirzähne!«

Jule schüttelte den Kopf über so viel Unverstand: »Hast du vergessen, dass alle Babys, Menschenbabys und Vampirbabys, ohne Zähne auf die Welt kommen?«

Jarmil entspannte sich erleichtert und beugte sich wieder über das Kind.

»Der lacht ja«, flüsterte er besorgt. »Meinst du, Jule, er ist normal?«

»Was heißt normal?«, antwortete sie ärgerlich. »Hast du Sorge, er könnte behindert sein? Er ist das schönste Vampirkind der Welt!«

»Aber das Lachen«, seufzte er. »Welcher Vampir lacht denn!« Darin hatte er Recht. Vampire lachen nicht.

»Er hat nur das Gesicht verzogen«, beruhigte Jule ihren Mann. »Das muss man einem Baby doch erlauben. Es hat ja noch keine Ahnung, ob das, was es mit seinem Mund und seinen Augen macht, Lachen ist!«

»Wenn er ein echter Vampir wäre, könnte er gar nicht lachen!«

Jule überhörte Jarmils Einwand, weil ihr nichts einfiel, was sie darauf hätte erwidern können. Sie küsste den Säugling auf die Stirn und sagte: »Außerdem weiß so ein Neugeborenes ja noch nicht, dass es ein Vampir ist.«

»Ein junger Esel weiß auch noch nicht, dass er ein Esel ist«, antwortete Jarmil. »Trotzdem macht er iah.«

»Sieh doch mal«, rief Jule. »Ist der Winzling nicht entzückend?«

»Winzling?«, knurrte Jarmil. »Der Junge ist ein Kloß! Ein richtiger Fettkloß!«

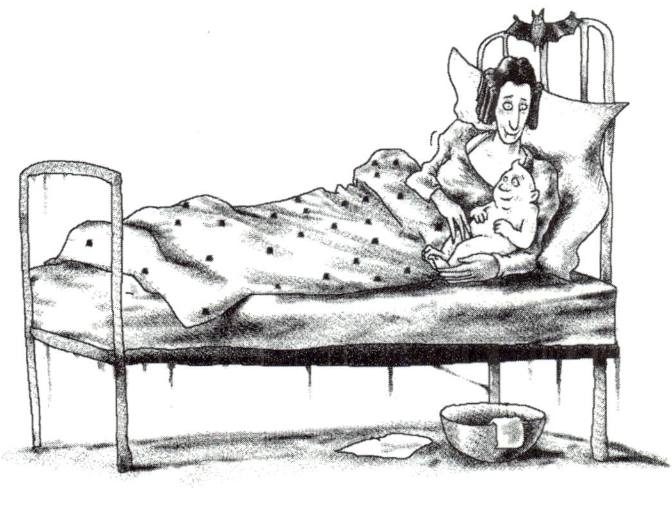

»Na und?«, nahm sie ihr Kind in Schutz. »Ist das etwa ein Charakterfehler? Er wird strampeln. Davon wird er abnehmen. In ein paar Tagen wird er aussehen, wie du ihn haben willst.«

Jarmil atmete tief durch und versuchte sich zu beruhigen. »Nun ja«, seufzte er, »mag sein. Aber er sieht weder dir noch mir ähnlich. Und wenn du ihn dir mal ganz nüchtern anschaust, musst du zugeben, dass er entsetzlich hässlich ist.«

Jule brach in Tränen aus. Der Säugling begann zu brüllen.

»Was verstehst du schon von Babys!«, klagte sie.

»Unsere Jette sah jedenfalls ganz anders aus, gleich nach ihrer Geburt«, sagte Jarmil finster. »Schön mager, düster, grau und faltig war sie, wie ein ganz normaler Vampirsäugling. Und sie starrte mich finster an. Der da aber –«

Er verstummte und wandte sich angewidert ab. Dann fuhr er fort: »Ich sage ja nicht, Jule, dass du was dafür kannst. Und ich behaupte auch nicht, dass ihm wichtige Teile fehlen. Er scheint ja recht munter zu sein. Aber er wirkt abstoßend auf unsereinen. Er sieht aus –«, Jarmil holte tief Luft und wich Jules Blick aus, »er sieht aus wie ein Mensch!«

Die Hebamme mischte sich ein, eine große dürre, graue Vampirin mit Tränensäcken unter den Augen und überlangen Eckzähnen.

»Jetzt reicht's«, sagte sie energisch. »Jetzt haben Sie endlich einen Sohn und trotzdem sind Sie nicht zufrieden. Sie verdienen ihn gar nicht, den kleinen Mondschein!«

»Ja«, sagte Jule, »das finde ich auch. Du verdienst ihn nicht!«

»Sag doch nicht so was«, seufzte Jarmil schuldbewusst.

Da gab ihm Jule einen Kuss und legte ihm seinen Sohn in die Arme und die Hebamme meinte: »Es wird sich alles auswachsen. Man muss nur Geduld haben. Schimmelfohlen kommen ja schließlich auch schwarz oder braun zur Welt und werden erst mit zunehmendem Alter weiß. Und es soll Menschenkinder geben, die bei ihrer Geburt schwarzhaarig sind und dann doch blond werden – oder umgekehrt.«

»Du wirst sehen«, flüsterte ihm Jule zu, »wenn er erst mal meine Milch trinkt, wird seine Haut grau werden.«

Jarmil nickte, erfüllt von neuer Hoffnung: Vampirmuttermilch ist schwarz. Sie würde die widerlich rosige Haut des Säuglings sicher grau färben.

»Na also«, seufzte die Hebamme zufrieden und nahte mit einem Formular. »Und wie wollen Sie ihn nennen?«

»Basil«, sagten beide Grusels gleichzeitig. Denn darüber waren sie sich schon vorher einig geworden. Basil hatte Jarmils Großvater geheißen, der ein sehr angesehener Vampir gewesen war und ein dickes Buch über die Geschichte der Vampire geschrieben hatte. Es war eine große Ehre für den Kleinen, nach seinem Urgroßvater genannt zu werden.

Schließlich wurde auch Jette aus ihrem Kellerzimmer heraufgerufen, um sich ihren kleinen Bruder anzusehen. Aber sie zuckte nur mit den Schultern.

»Na, wie findest du ihn?«, fragte Jule gespannt.

»Blöd«, sagte Jette und gähnte. »So komisch rosig. Ist er aus Marzipan?«

»Jetzt werde bloß nicht frech!«, schimpfte Jarmil.

»Er ist dein Bruder«, sagte Jule. »Er gehört jetzt zu uns, egal wie er aussieht. Du musst ihn mögen!«

Jette hob die Oberlippe des Kleinen hoch und ließ sie wieder los. »Der hat ja noch nicht einmal Zähne«, sagte sie gelangweilt, schlenderte aus dem Zimmer und zog sich wieder in ihr modriges Kellergewölbe zurück.

Auf Basil!

Auf der Kleinseite lebten Menschen und Vampire einigermaßen friedlich miteinander. Das tun sie auch heute noch.

Unbedarfte Besucher müssen schon scharf hingucken, wenn sie einen Vampir von einem Menschen unterscheiden wollen. Seine beiden Eckzähne klappt er einwärts und hält sie versteckt. Und hagere, magere, blasse Typen gibt es auch unter den Menschen. Dass Vampire schwarzes, Menschen aber rotes Blut haben, weiß nicht jeder. Vampirmänner und Vampirfrauen kleiden sich genauso wie unsereiner, wenn auch dunkel. Sie sprechen alle drei Sprachen der Kleinseite ohne Akzent: Tschechisch, Jiddisch und Deutsch. Sie tragen jüdische, deutsche oder tschechische Namen. Sie feiern genauso Geburtstage und goldene Hochzeiten und pflegen die Gräber ihrer Verstorbenen. Sie lesen ihre Zeitungen und gehen einkaufen. Allerdings haben sie, wenn es ums Essen und Trinken geht, ihren eigenen Geschmack. Außerdem sind Vampire Nachtwesen, während der Mensch die Helligkeit sucht.

Im Lauf der vielen Jahre, seitdem es auf der Prager Kleinseite Vampire gibt, haben manche Vampirmänner Menschenfrauen geheiratet und manche Menschenmänner Vampirinnen. Solche Heiraten sehen die Vampire zwar nicht gern, sie wollen lieber unter sich bleiben. Und die Menscheneltern, deren Kinder sich mit Vampiren zusammentun, sind darüber ebenso wenig glücklich. Aber die Liebe geht manchmal seltsame Wege. Dafür hat man auf beiden Seiten Verständnis. Und schließlich gab es ja auch Zeiten, in denen deutsche Eltern nicht glücklich waren, wenn ihre Kinder Tschechen oder Juden heirateten. Obwohl in diesen Fällen doch Menschen Menschen zu Partnern wählten.

Rund um die Grusels wohnten nicht nur Vampire. Das Haus nebenan gehörte der dicken Menschenfrau Rachel Iglauer. In ihrem Kurzwarenladen verkaufte sie Wolle, Nähgarn, Häkel- und Stricknadeln, Zackenlitze, Nähnadeln, Knöpfe und dergleichen.

Sie war eine herzensgute, mitteilsame Frau. Als sie die Hebamme aus dem Haus der Grusels kommen sah, stürzte sie mit dem Ruf »Ist es schon da?« hinüber und ohne anzuklopfen in die Grusel'sche Schlafstube hinein. Sie war eben neugierig und wollte ihren Kundinnen was zu erzählen haben.

Als sie das Kind in der Wiege erblickte, schlug sie die Hände zusammen und rief überrascht: »Was für ein

kräftiges, schönes und gesundes Kind! Da kann man ja nur herzlich gratulieren!«
Sie konnte sich vor Freude gar nicht fassen: »So ein rosiges Herzblatt! Und so wohlgeformt! So ein munteres Kerlchen wünschen sich alle, die auf Nachwuchs warten. Den hier hätte ich Ihnen gar nicht zugetraut. Wo Sie beide doch so – traurig aussehen. Also nichts für ungut, aber wer diesen Buben sieht, würde doch nie auf den Gedanken kommen, dass seine Eltern Vampire sind! Und nun steh ich da und hab noch nicht mal ein Geschenk für ihn!«
Sie lief eilig zurück in ihren Laden. Und schon erfuhr es die ganze Kleinseite: Die Grusels hatten endlich einen Sohn!
Mit weißer Strickwolle samt Stricknadeln, alles hübsch eingepackt in hellblaues Seidenpapier und verziert mit einer Schleife aus blauer Zackenlitze, kam Rachel Iglauer an diesem Tag noch einmal zu den Grusels. Gerührt überreichte sie Jule das Geschenk.
»Und ich brauche wohl nicht zu betonen«, sagte sie mit zitterndem Doppelkinn, »dass der Kleine zu mir in den Laden kommen darf, wann immer er will. Kinder spielen so gern mit Knöpfen …«
Jule bedankte sich höflich. Aber kaum hatte die Nachbarin den Schlafraum wieder verlassen, murrte sie: »Weiße Wolle! Seit wann trägt denn ein Vampirkind Weiß? Was würden unsere Verwandten von uns

denken? Jetzt bleibt mir nichts anderes übrig, als die drei Stränge schwarz zu färben ...«

Die nächsten Gratulanten waren Pankraz und Ludmilla Grusel, Jarmils Eltern, Basils Großeltern väterlicherseits. Sie wohnten am oberen Ende der Nerudova. Dort betrieb Opa Grusel ein Antiquariat, einen Handel mit alten Büchern, die allesamt modrig rochen.

Jarmils Eltern waren sogar für Vampire sehr groß – und extrem hager. Beide trugen auffällig lange Eckzähne, noch längere als die Hebamme. Ihr Haar war leicht gewellt und silbergrau. Man erzählte sich, sie seien einander im Lauf ihrer Ehe immer ähnlicher geworden. Aber nur äußerlich. In ihrem Wesen waren sie so unterschiedlich, wie es unterschiedlicher nicht geht.

»Nun habt ihr uns also den lang ersehnten Enkel geschenkt«, begann Großmutter Grusel feierlich, als ihnen Jarmil die Tür öffnete. »Möge er euch und uns –«

»Rede doch nicht so geschwollen daher, Ludmilla«, unterbrach Großvater Grusel sie ungehalten. »Ich will ihn in die Arme nehmen, den Stammhalter. Wo steht die Wiege?«

Er schubste Frau und Sohn zur Seite und stürmte so heftig in Grusels Schlafstube, dass Jule erschrocken aus ihrem Schlummer hochfuhr.

»Ich bin's«, rief Großvater Grusel. »Wo zum Teufel ist der Kleine?«

Jule deutete erschöpft neben ihr Bett. Aber kaum hatte sich Großvater Grusel über die Wiege gebeugt, fuhr er auch schon zurück, drehte sich um und forschte seinen Sohn, der eben zur Tür hereinkam, mit finsterem Blick aus: »Bist du sicher, Jarmil, dass du sein Vater bist?«

»Aber Pankraz!«, rief Großmutter Grusel empört. »Wie kannst du nur!«

»Ich schwör's beim schwarzen Blut meiner Ahnen, euer Sohn ist sein Vater!«, wimmerte Jule.

»Die Hebamme könnte den Kleinen im Entbindungsheim verwechselt haben«, schnaubte Großvater Grusel.

»Er ist hier in unserem Haus geboren«, seufzte Jarmil.

Der Alte beugte sich noch tiefer über die Wiege, drehte seinen Enkel auf den Bauch und schob ihm das Hemdchen bis über den Kopf. Mit den Fingerspitzen tastete er den Rücken des Kindes ab.

»Was machst du da, Schwiegervater?«, rief Jule erschrocken.
»Nachprüfen, ob es überhaupt ein echter Vampir ist«, knurrte der Alte.

Die Vampire sollen früher Flügel gehabt haben. Aber die sind von Generation zu Generation immer kleiner geworden, weil sie sie immer weniger brauchten. Schließlich verschwanden sie ganz. Aber wenn man den nackten Rücken eines Vampirs abtastet, kann man über den Schulterblättern noch die beiden Stellen spüren, an denen früher die Flügel herauswuchsen: harte, knorpelige Hügelchen. Nach diesen Hügelchen suchte Großvater Grusel. Und er fand sie.
»Also, ein Vampir ist er«, stellte der Alte zufrieden fest. »Wenn auch ein abartiger.«
»Nun ja«, meinte Großmutter Grusel, »er kann ja nichts dafür, der kleine Kerl, dass er unseren Schönheitsvorstellungen nicht entspricht. Ihr müsst ihn nehmen, wie das Schicksal ihn euch zugedacht hat. Und wenn jemand fragt, warum er so pausbäckig aussieht, könnt ihr ja sagen, dass er von Bienen gestochen wurde und deshalb so aufgedunsen –«
»Jaja, ist ja gut, Ludmilla«, seufzte Großvater Grusel.

Er hatte ein großes, dickes Buch als Geschenk mitgebracht, einen kostbaren alten Band mit Porträts berühmter Vampire.

»Damit er sich beizeiten Vorbilder sucht«, meinte er und klappte es über dem Kopf des Babys auf, mit den Bildern nach unten.

»Aber Pankraz«, sagte Großmutter Grusel kopfschüttelnd. »Der Kleine ist doch gerade erst geboren. Er kann die Bilder ja noch gar nicht richtig sehen. Und wenn dir plötzlich das schwere Buch aus den Händen fällt, ist er tot. Willst du das, Pankraz? – Willst du das?«

Der Alte zog das Buch an sich und klappte es zu.

»Und wie wollt ihr ihn nennen?«, fragte er.

»Natürlich Basil«, antwortete Jule, »nach deinem Vater. Hattest du etwas anderes erwartet?«

Da verflog der letzte Rest seiner Enttäuschung. Er übergab das Buch der Mutter des Kindes und dann holte Jarmil eine Flasche Wildschweinblut aus dem Keller – etwas ganz Besonderes, das ziemlich teuer und nur schwer zu besorgen war und deshalb nur zu feierlichen Anlässen getrunken wurde. Zusammen mit Jule stießen sie auf das Wohl des Neugeborenen an.

Besuch aus den Karpaten

Jules Eltern, Rasputin und Bóschena Kraliky, also Basils Großeltern mütterlicherseits, kamen auch. Aber sie brauchten etwas länger für den Weg, weil sie nicht in Prag, sondern in einem Karpatendorf zwischen der Slowakei und Polen lebten. Sie waren älter als Jarmils Eltern und viel kleiner. Sie gingen schon gebückt. Ihre Haut war sehr faltig, vor allem an den Hälsen. Und ihr Haar war nicht mehr grau, sondern schon ganz weiß und stand dem Opa wie Strahlen vom Kopf. Oma hatte sich für die große Reise schön gemacht: Sie trug ein Kopftuch mit einem eingewebten Fledermausmuster. Dieses Tuch hatte sie zu ihrer Hochzeit geschenkt bekommen. Opa trug einen Hut, der schon vor dreißig Jahren nicht mehr modern gewesen war. An ihren Stiefeln klebten Klumpen von getrocknetem Karpatenschlamm.

Jarmil holte sie auf dem Hauptbahnhof ab. Jule war nicht dabei. Sie fühlte sich nach der Geburt noch zu schwach für einen Ausflug auf die andere Seite der Moldau. Umso herzlicher schloss Jarmil seine

Schwiegereltern in die Arme. Dabei verrutschte Omas Kopftuch und Opas altmodischer Hut rollte über den Bahnsteig und unter den Zug, mit dem sie angekommen waren. Opa wollte unter den Waggon klettern, aber Jarmil hielt ihn zurück.
»Das könnte dir schlecht bekommen«, meinte er. »Der Schaffner hat schon zur Abfahrt gepfiffen.«
»Aber ich hab nur diesen einzigen«, jammerte Opa. Erst als Jarmil versprach ihm einen neuen zu kaufen, beruhigte sich der alte Karpatenvampir.

Mit der Abenddämmerung werden Vampire hungrig und deshalb aktiv, gleichgültig, ob es sich um Vampire aus Lodz, Wien, Prag oder den Karpaten handelt. Nachts kümmern sie sich um Nahrung für sich und ihre Familien. Natürlich können sie in Vampirläden Blutkonserven kaufen. Aber wenn sie nicht wollen, dass ihnen die Eckzähne ausfallen, brauchen sie von Zeit zu Zeit auch Frischblut – so wie wir viel frisches Obst und Gemüse brauchen, wenn wir gesund bleiben wollen.
Frischblut ist für sie nicht mehr so einfach wie früher zu bekommen. Denn die Menschen wissen sich heute besser zu wehren gegen Blutsauger, egal ob es sich um Moskitos oder Vampire handelt. In den Drogerien auf der Kleinseite kann man seit ein paar Jahren, wie ich aus zuverlässiger Quelle erfuhr, schon einen sehr wirksamen Anti-Vampir-Spray erhalten.

»Und wie geht es unserer lieben Tochter?«, fragte Oma, als sie neben Jarmil dahinwackelte. »Hat sie die Entbindung gut überstanden?«

»Das hat sie«, antwortete er.

»Und ist sie glücklich?«

»Das ist sie.«

»Und trinkt sie jeden Tag Teufelskrallentee, damit das Söhnchen einen guten Biss bekommt?«

»Das tut sie«, antwortete Jarmil geduldig.

»Und wie steht's hier mit dem Nahrungsangebot?«, fragte Opa.

»Wir sind noch immer satt geworden«, antwortete Jarmil.

»Aber einen Menschen kriegt man kaum mehr vor den Zahn«, seufzte der Alte. »Oder lassen euch hier die Leute noch an sich saugen?«

Jarmil hob die Schultern. »Höchstens ein paar unbedarfte Touristen, die Vampire nur aus Büchern kennen. Glückssache, wenn man nachts auf so eine Person stößt. Normalerweise hält man sich an Tiere.«

»Genau so wie bei uns in den Karpaten«, sagte der Alte. »Ein Vampirleben ist auch nicht mehr das, was es mal war. Früher hat unsereiner Tierblut verachtet.«

»Red doch nicht so dumm daher«, mischte sich die Oma ein. »Schon in unserer Kinderzeit hielten wir uns an Kaninchen, weil Menschenblut kaum mehr zu haben war …«

Opa machte eine wegwerfende Handbewegung in Richtung Oma und rief: »Wenn ich daran denke, wie ich in meinen jungen Jahren mit Freunden nachts durch ein offenes Fenster in eine Krakauer Kaserne eingedrungen bin und wir uns zu viert über einen Schlafsaal voller Soldaten hergemacht haben …! Ha!«

An den Juden, Deutschen und Tschechen, die auf der Kleinseite, ja in der gesamten Stadt Prag wohnen, saugen die Kleinseitener Vampire wie gesagt nicht. Das wäre sehr unklug, denn das würde Unfrieden zwischen den Vampiren und den Nichtvampiren schaffen. Wer möchte denn einen Nachbarn haben, der darauf aus ist, einem das Blut auszusaugen – oder? Wenn es so wäre, hätte man die Blutsauger schon längst aus der Stadt vertrieben.

Außerdem saugen die Vampire einen Menschen nie ganz aus. Solche Schauergeschichten kennt man aus Büchern und Filmen, aber sie haben mit der Wahrheit nur wenig zu tun. Normale, gesunde Vampire begnügen sich mit etwa einem Liter Blut pro Mensch. Der stirbt nicht daran, sondern fühlt sich danach nur sehr matt und sieht blass aus. Meistens hat er nach dem Blutverlust einen starken Durst und einen mächtigen Appetit. Aber nach ein paar Tagen ist er wieder genauso kräftig wie vorher.

Für Tiere aber sind Vampire oft lebensgefährlich. Sie machen sich über alle Wirbeltiere her, die rotes Blut in sich haben, zum Beispiel über Hunde, Katzen, Schafe, Ziegen, Kaninchen und Meerschweinchen. Besonders scharf sind sie auf Schweineblut.

Nur an Ratten gehen sie nicht. Die haben nämlich sehr scharfe Zähne. Und sie haben keinen Respekt. Vor gar nichts. Die springen sogar Vampire an und beißen sich an ihnen fest.

Als ich drei Jahre alt war, lebte ich mit meinen Eltern in Prag, auf der Kleinseite. Damals konnte ich oft dicke Ratten über die Straße flitzen sehen, wenn ich an der Hand meiner Mutter durch die engen und düsteren Gassen schritt. Und obwohl ich noch so jung war, fiel mir auf, dass es in diesem Viertel nur wenige Hunde und Katzen gab. Noch heute soll es für diese Tiere gefährlich sein, die Karlsbrücke zu überqueren.

Jarmil führte seine Schwiegereltern durch die Altstadt über die Karlsbrücke bis hinüber auf die Kleinseite. Immer wieder schlug Oma die Hände zusammen und staunte: über den dichten Verkehr, über die hohen Kirchtürme, über die vielen Läden und über die Pferdedroschken – und als der Abend dämmerte, über die vielen Lichter. Opas Blick aber wurde ganz lüstern, als er einen Hund vor sich herlaufen sah.

»Darf man hier?«, fragte er leise.

»Erst bei Nacht ist es ratsam«, antwortete sein Schwiegersohn. »Man darf sich nämlich nicht erwischen lassen, denn eigentlich ist es verboten.«

Der Hund lief bis zur Karlsbrücke mit, dann klemmte er den Schwanz zwischen die Hinterbeine und kehrte winselnd in die Altstadt zurück. Opa seufzte und sah ihm sehnsüchtig nach. Und Jarmil war froh, dass es immer dunkler wurde. Denn die Menschen drehten sich nach den beiden alten Karpatenvampiren um.

Es gab eine tränenreiche Begrüßung zwischen Jule und ihren Eltern, denn sie hatten sich seit ein paar Jahren nicht mehr gesehen und einander immer nur Briefe geschrieben. Die waren meistens sechs, manchmal auch acht Tage unterwegs gewesen. Deshalb hatte Jarmil seinen Schwiegereltern nach Basils Geburt ein Telegramm geschickt.

»Unsere Hände haben gezittert, als wir's öffneten«, berichtete Oma. »Und dann lasen wir die gute Nachricht. Ein Enkel! – Aber nun wollen wir ihn sehen.«

Jule zögerte: »Er sieht vielleicht nicht ganz so aus, wie ihr ihn euch vorstellt. Er ist ... er ist ...«

»Ist er krank?«, fragte Oma erschrocken.

»Ist er missgebildet?«, rief Opa besorgt.

»Er ist gesund und ihm fehlt nichts. Nicht mal ein kleiner Zeh.«

»Na, dann ist doch alles in Ordnung«, riefen Oma und Opa erleichtert.

Aber es verschlug ihnen doch erst mal die Sprache, als sie sich über die Wiege beugten. Nachdem er sich von seinem ersten Schreck erholt hatte, hob Opa den Enkel aus dem Bettchen, schaukelte ihn auf dem Arm und sagte: »Erst ein paar Tage alt, und schon hebt er sich von der Masse ab, eine ausgeprägte Persönlichkeit. Das wird mal ein ganz Großer!«

Basils Eltern wurden vor Stolz ganz grün unter den Augen.

»Ich will ihn auch in den Armen halten«, sagte Oma. Sie wiegte ihn hin und her, besah ihn sich genau und sagte: »Vielleicht wird aus ihm ja ein tüchtiger Sauger. Warum denn nicht? Wer große Taten vollbringt, muss dafür nicht unbedingt schön sein. Und mit der Zeit gewöhnt man sich an jede Hässlichkeit, sogar an die eigene. Nicht wahr, so ist es doch, Rasputin?«

Oma und Opa hatten auch ein Geschenk mitgebracht: zehn Gläser eingeweckte Blutwurst. Ein Lieblingsessen bei den Vampiren. Ja, es gab ein großes Essen bei Grusels, bevor die Alten wieder heimfuhren in die Karpaten. Auch die Großeltern Grusel wurden eingeladen und beide Schwestern Jarmils mit ihren Familien und Jules Bruder, der in Brünn lebte, und ihre Großtante Thekla aus Wien – und noch ein paar Vampire, gute Freunde des Hauses. Es war wirklich ein großes Familienfest.

Aber eine Taufe fand nicht statt. Vampire kennen keine Taufe.

Arme Eltern!

Als alle Gäste wieder heimgekehrt waren, zog der Alltag ein. Zu ihm gehörte, dass die Grusels ihren Sohn Tag um Tag beobachteten: War er heute schon ein bisschen magerer als gestern? War er schon ein bisschen bleicher, ein wenig finsterer, nicht mehr ganz so rosig?

Aber Basil änderte sich nicht. Natürlich wuchs und gedieh er, und das sogar prächtig. Doch er blieb rundlich, rosig, pausbäckig und heiter – ein richtiger Posaunenengel!

Alle Vampire, die das Kind zu sehen bekamen, dachten bei sich: Arme, arme Eltern …!

Ein halbes Jahr lang saugte der kleine Basil Milch aus der Brust seiner Mutter. Vampirmilch ist schwarz. Sie hinterlässt Flecken auf weißer Wäsche. Aber Vampirkinder tragen schwarze Kleidung und liegen in schwarz bezogenen Bettchen. Da merkt man die Flecken nicht so.

Dann reichte Jules Milch nicht mehr, um den Jungen

satt zu machen. Sie musste ihn zusätzlich mit Kleinkinder-Vampirnahrung füttern. Deshalb kochte sie für ihn einen leckeren Blutwurstbrei. Den wollte sie ihm Löffel für Löffel in den Mund schieben. Bei Tochter Jette war ihr das ohne Schwierigkeiten gelungen: Jedes Mal wenn sich ein voller Löffel dem Mündchen genähert hatte, war es aufgegangen und Jule hatte ihn hineinschieben können.

Aber bei Basil gab's Probleme: Die erste Portion hatte er sich zwar in den Mund schieben lassen. Aber kaum war der Löffel wieder draußen, spuckte Basil den Brei aus: mit Schwung seiner Mutter auf die fahle Wange. Seufzend wischte sie sich und probierte es noch einmal. Sie wusste ja: Ein so kleines Kind muss erst essen lernen! Aber auch die zweite und dritte Löffelportion Brei wurde wieder ausgespuckt.

»Probier du's«, sagte sie zu Jarmil. »Vielleicht wird er sich von dir eher füttern lassen …«

»Nichts einfacher als das«, meinte Jarmil. »Ich hab ja Übung. Schließlich habe ich schon Tausende von kleinen Ferkeln großgezogen.«

Aber Basil drehte den Kopf weg. Und als ihm sein Vater den Löffel in den Mund schob, spuckte er den Brei auf den Teppich.
»Das werden wir doch mal sehen, ob wir den Brei nicht in dich reinkriegen«, knurrte Jarmil, hielt den Kopf des Kleinen fest und wollte ihm wieder einen vollen Löffel in den Mund schieben. Da begann Basil zu brüllen.
»Du musst erst warten, bis er aufhört zu schreien«, sagte Jule, »sonst kann er am Brei ersticken.«
Aber Basil fing schon an zu schreien und zu strampeln, wenn sich der Löffel nur näherte. Als es seinem Vater trotzdem gelang, etwas Brei in Basils Mund zu befördern, übergab sich der Kleine.
»Das ist nichts für mich«, sagte Jarmil. »Dazu fehlt mir die Geduld. Mach du's.«

Vielleicht liegt's an der Blutwurst, dachte Jule und probierte es mit frischem Ferkelblut. Es zeigte sich, dass er das auch nicht mochte. Aber er hatte Hunger – und wie!
In ihrer Not fragte sie die Hebamme, was da zu tun sei. Die machte ein sehr bedenkliches Gesicht.
»Keinen Blutwurstbrei?«, fragte sie. »Kein Ferkelblut? Merkwürdig. Diese Grundnahrungsmittel verträgt normalerweise jeder. Entweder hat Ihr Sohn ein Magenproblem, oder er ist … er ist …«
»Was?«, fragte Jule mit ängstlichen Augen.
Aber die Hebamme sprach den Satz nicht zu Ende.

»Wir wollen es mal mit Kartoffelpüree probieren«, sagte sie.

»Kartoffelpüree?«, rief Jule. »Aber das ist doch ein Menschenessen!«

»Stimmt«, sagte die Hebamme. »Kartoffeln schmecken uns Vampiren nicht. Aber sie sind leicht verdaulich, auch für uns. Wenn Ihr Kleiner Kartoffeln mag und verträgt, können wir ein Magenproblem ausschließen.«

»Ich hab noch nie Kartoffelpüree gemacht«, seufzte Jule. »Wie macht man das?«

Die Hebamme bot sich an, selber eine kleine Portion herzustellen und sie vorbeizubringen. Basil ließ sich das Püree ohne Protest von Jule einlöffeln und schluckte es mit Wonnelauten hinunter. Seine Wangen glühten vor Gesundheit.

»Kartoffeln mag er!«, jammerte Jule. »Das ist doch abartig!«

»So einen Fall hatte ich noch nie«, sagte die Hebamme kopfschüttelnd und schlug einen neuen Versuch vor: »Bieten Sie dem Jungen Spinat an. Mag er ihn, wissen Sie, was auf Sie zukommt.«

»Spinat?«, rief Jule erschrocken.

Spinat ist so ziemlich die widerlichste Nahrung, die sich Vampire vorstellen können. Allein schon wenn sie an Spinat denken, wird ihnen übel.

»Das kann ich meinem Kind nicht antun«, klagte sie.

»Vielleicht mag er ihn ja«, sagte die Hebamme. »Sie werden es bald merken.«
Am Abend bat Jule Frau Rachel Iglauer, die Nachbarin, ihr am nächsten Morgen auf dem Gemüsemarkt ein Achtelkilo Spinat einzukaufen. Denn sie wollte von anderen Vampirinnen nicht beim Spinateinkauf gesehen werden. Aber Frau Iglauer, die ja keine Vampirin war, hatte in ihrer Speisekammer vom Vortag noch eine Schüssel voll Spinat stehen. Gern gab sie Jule davon einen guten Teil ab. Die stopfte sich Watte in die Nasenlöcher, um den Spinat nicht riechen zu müssen, während sie ihn kochte.
»Was stinkt denn da so ekelhaft in der Küche?«, rief Jarmil, als er in den Morgenstunden heimkam.
Jule berichtete. Er sah sie entsetzt an und fragte: »Hast du ihm schon davon angeboten?«
Als sie den Kopf schüttelte, sagte er: »Das muss ich sehen.«
Es störte Basil nicht, dass seine Mutter Watte in den Nasenlöchern hatte und sein Vater sich ein Handtuch vor den Mund hielt – er futterte mit Lust. Sein ganzes Gesicht war grün verschmiert, nachdem er allen Spinat aufgegessen hatte. Zufrieden rülpste er.
Jule sah Jarmil fassungslos an: »Das bedeutet ja, dass er nicht normal ist!«
»Ja«, stöhnte er. »Das bedeutet es.«
Sie fielen sich weinend in die Arme: Ihr Sohn war also ein Vampir, der kein Blut, dafür aber Spinat mochte.

Spinat, pfui Teufel! Spinat, der von Vampiren, wenn überhaupt, nur in ganz kleinen Mengen gegessen werden darf, weil er so viele Vitamine enthält. Vitamine sind Gift für Vampire!

Als Basils abartige Gier nach Spinat offenbar wurde, versuchten die Eltern erst einmal, ihn von dem grünen Gemüse fern zu halten. Aber Basil schrie und schrie, dass es durch die ganze Straße hallte. Er ließ sich auch nur für kurze Zeit mit Kartoffelpüree hinhalten. Nur wenn er Spinat bekam, zeigte er sich zufrieden. Und als sein Vater heimlich Schweineblut in den Spinat mischte, schleuderte er den Teller mit dem Gemisch auf den Fußboden, dass es nur so splitterte und spritzte!

Kurz: Es half alles nichts, die armen Eltern mussten ihrem Kind Spinat kochen. Täglich! Das ganze vierstöckige Haus, in dem sich vier Mietwohnungen befanden, roch danach – einfach ekelhaft!

Babette, die Vampirfrau, die schon seit über zwanzig Jahren bei den Grusels im Haushalt arbeitete, lief tagelang mit rot umränderten Augen umher. Dann kündigte sie. Jarmil und Jule taten alles, um sie zu halten, versprachen ihr sogar, ihren Lohn zu verdoppeln. Aber sie schüttelte nur den Kopf und ging. Und kein anderes Vampirdienstmädchen ließ sich finden, das bei ihnen arbeiten wollte. Da mussten die Grusels ihre Hausarbeit selber machen. Das passte Jette gar nicht. Sie huschte davon, sooft sie konnte, und überließ das Beheizen der Öfen, das Wäschekochen und Bügeln, das Kohleschleppen, Kehren, Einwecken und Staubwischen und was es sonst noch zu erledigen gab, ihrer Mutter. Die kam nun vor Arbeit kaum mehr zum Schlafen.

Grusels wohnten im Erdgeschoss. Der Spinatdunst zog durch das düstere Treppenhaus hinauf in die drei oberen Wohnungen. Eine Vampirfamilie nach der anderen zog aus. Sie konnten den Gestank nicht länger aushalten. Denn der überdeckte den gewohnten Geruch ihrer Wohnungen, den angenehmen Blut- und Modergeruch gepflegter Vampiratmosphäre.
Basils Eltern genierten sich fürchterlich, denn jetzt konnte es schon mal passieren, dass Vampire in der Dunkelheit vor Grusels Haus stehen blieben, die Köpfe zusammensteckten und tuschelten: »Hier wohnt er, dieser Spinatvampir, er ist eine Schande für die ganze Gattung der Vampire …!«
Basil bekam seine ersten Zähne. Bei Vampiren lassen sich zuerst die langen Eckzähne sehen. Basils Eckzähne waren richtige Vampirzähne, wie sie schöner nicht sein konnten. Zum Einklappen, wie es sich gehört. Damit man sie nicht gleich sieht.
Nein, diese schönen Zähne trösteten Basils Familie nicht. Auch über seine ersten Schritte konnten sich die Grusels nicht richtig freuen. Nicht einmal an dem Tag, als Basil zum ersten Mal »Mama« sagte, vergaßen sie ihren Kummer.

Emma und Olga

Weil es um sie herum immer einsamer wurde, beschlossen die Grusels in ein anderes Viertel von Prag zu ziehen, hinter den Hauptbahnhof, in die Seifertgasse, wo weit und breit keine Vampire wohnten. Ihre Wohnung auf der Kleinseite lüfteten sie gut aus.
Die Vermieter hängten ein großes Schild über die Eingangstür:

Nun hatten die Grusels auch wieder ein Dienstmädchen: Sie war kein Vampir, sondern eine Deutsche und hieß Emma. Morgens um halb acht kam sie, abends um halb sechs ging sie heim.
Die Grusels hingegen verließen die Wohnung am Spätnachmittag, um zur Arbeit zu gehen, und kehrten gegen Morgen wieder zurück. Jettes Schule begann auch erst am Abend.
»Komische Leute«, murmelte Emma, wenn sie in der stillen Wohnung Wäsche wusch oder bügelte. »Tags-

über schlafen sie, nachts sind sie munter. Na, mir soll's recht sein. Da ist mir beim Arbeiten niemand im Weg. Aber wie grau ihre Haut ist! Und wie traurig und düster ihre Gesichter sind! Sie scheinen krank zu sein, die Grusels. Nur der Kleine ist frisch und gesund. Ein hübsches Kerlchen. Schade, dass ich ihn fast nur schlafen sehe …«

Hier in dem Viertel hinter dem Bahnhof nahm zwar niemand an Basils Spinatesserei Anstoß. Aber seine Eltern und seine Schwester hatten jetzt einen weiten Weg zu ihrem Schweinezuchtbetrieb und zur Schule.

Jette mochte diese Menschenwohngegend an der Seifertgasse nicht leiden. Denn nachts, wenn die Vampire richtig munter sind, waren hier alle Straßen und Gassen leer. Mutterseelenallein in einer leeren Gasse herumzustreunen und allenfalls eine Ratte über das Pflaster flitzen zu sehen, das macht keinen Spaß.

Wie viel schöner war es doch für Vampire auf der Kleinseite! In deren Gassen ging es von Mitternacht bis gegen Morgen immer lebhaft zu. Dort hatte Jette mit ihren Freundinnen in schönen spinnwebverhangenen Ecken immer Verstecken gespielt oder später nach der Schule sich mit Jungen getroffen. Hier aber zeigte sich nachts um ein oder zwei Uhr niemand im düsteren Laternenlicht. Höchstens ein Hund streunte von Laternenpfahl zu Laternenpfahl und hob ab und zu ein Hinterbein. Aber wenn er in Jettes Nähe kam,

sträubten sich seine Haare und er nahm seinen Schwanz zwischen die Beine und sauste winselnd davon. Manchmal gelang es ihr, einen der Straßenköter zu erwischen und ihn – mehr aus Frust als aus Hunger und Durst – an sich zu drücken und auszusaugen.
Jule fühlte sich in diesem Viertel auch nicht wohl. Sie fand es schlichtweg zu hell und vermisste die verwinkelten Häuser und Gassen.

Es gab viel zu tun im Büro der Schweinezüchterei. Manchmal kam Jule erst sehr spät heim. Dann musste Jette ihrem Bruder das Abendessen machen, das er ungefähr zur gleichen Zeit bekam, zu der die Menschen frühstücken. Jette musste ihm Spinat zubereiten. Versuchte sie ihm etwas anderes unterzuschieben, brüllte er los. Für die Spinatkocherei und -fütterei zog sie sich immer ein altes Kleid an. Danach wusch sie sich von Kopf bis Fuß, damit der Geruch des grünen Gemüses nicht an ihr haften blieb, und zog frische Wäsche an. Jeden Tag. Das hatte zur Folge, dass Emma jeden Freitag einen Riesenberg Wäsche waschen musste. Damals war das Wäschewaschen noch eine anstrengende und langwierige Arbeit, denn es gab keine Waschmaschinen.
Einmal kam Jule leise heim und hörte Jette, die sich mit Basil allein in der Wohnung glaubte, zu ihrem Bruder wütend sagen: »Du bist an allem schuld, du grinsender Spinatfresser! Ohne dich müsste ich mich

nicht so oft umziehen und waschen. Ohne dich wären wir jetzt noch auf der Kleinseite, wo alle meine Freundinnen wohnen!«

Jule schlich sich zur Esszimmertür und spähte durch einen Spalt hinein.

Basil antwortete seiner Schwester nicht. Er konnte ja noch nicht viel mehr als »Mama«, »Papa«, »Jette« und »Spinat« sagen. Aber er merkte, dass seine Schwester eine große Wut auf ihn hatte. Da spuckte er einen Mund voll Spinat nach ihr und traf sie mitten auf die Brust.

Jette heulte auf: »Du blöder Grünschmatzer! Ersticken sollst du in deinem Stinkgemüse!«

Und sie drückte Basils Gesicht in den Spinatteller.

Schon wollte Jule eingreifen. Aber Basil, so klein wie er war, wusste sich selber zu helfen. Er zappelte und spuckte und patschte mit den Händen in den Teller, dass der Spinat nur so spritzte. Da ließ ihn seine Schwester, über und über mit Spinat bekleckert, mit einem Aufschrei los und flüchtete.

Sie rannte in die Waschküche, riss sich alle Kleider vom Leib, wärmte Wasser im Waschkessel, schöpfte es aus dem Kessel in die Holzwanne, kauerte sich hinein, seifte sich ein und tauchte ganz ein. Dann trocknete sie sich ab und warf die Handtücher zusammen mit ihren Kleidern in den Korb für Schmutzwäsche. Heimlich nahm sie das Parfümfläschchen ihrer Mutter mit in ihr Zimmer. Dort zog sie sich frische Wäsche an und parfümierte sich reichlich, um nur ja nicht nach diesem elenden grünen Gemüse zu riechen. Denn um einen Vampir, der nach Spinat riecht, machen die anderen Vampire einen großen Bogen.

Jule knöpfte sich ihre Tochter vor.
»Schäm dich«, sagte sie. »So geht man nicht mit seinem Bruder um – vor allem nicht, wenn er noch so klein ist.«
»Ich will keinen Spinatbruder!«, schluchzte Jette. »Ohne ihn war's viel schöner!«
»Man kann sich seine Geschwister nicht aussuchen«, sagte Jule. »Aber mein Parfümfläschchen, das du hinter deinem Rücken versteckst, das darfst du behalten.«
Als Jarmil heimkam, sprach Jule auch mit ihm. Sie erzählte ihm, was sie beobachtet hatte, und sagte: »Wir brauchen eine Kinderfrau für Basil.«
Jarmil nickte.

Jule setzte eine Anzeige in eine Prager Zeitung, dass sie eine Vampir-Kinderfrau suche, die nachts auf Basil aufpassen sollte, während sie nicht zu Hause war. Es meldeten sich insgesamt elf, denn die Grusels zahlten gut.
Die erste, die sich vorstellte, hieß Schaura. Sie war schön hohläugig und ihre Mundwinkel hingen tief herab. Basil fühlte sich auf ihrem Schoß wohl. Aber

am Ende des ersten Tages sagte Schaura mit hohler Stimme: »Frau Grusel, ich werde morgen nicht mehr kommen. Ich vertrage diesen Spinatgeruch in Ihrer Wohnung nicht. Mir wird schlecht davon.«
Die zweite Kinderfrau, die alte Gorgona mit der Warze am Kinn, flüchtete vor dem Geruch mit dem Kind auf die Straße. Aber es war nicht die Wohnung, die nach Spinat roch, sondern Basil. Als sie das begriffen hatte, kündigte sie auch und floh, sobald Jule heimkam.
So ging das weiter. Die achte, eine etwa dreißigjährige Vampa mit merkwürdig gebogenen Eckzähnen, sagte schon ab, bevor sie überhaupt die Wohnung betreten hatte. Denn sie war eine Freundin der Schaura, und so allmählich hatte sich das Problem der Grusels herumgesprochen.

Es blieb Jule nichts anderes übrig, als eine Menschen-Kinderfrau zu nehmen.
Sie fand schließlich eine zuverlässige Tschechin, die auch bereit war nachts statt tags zu arbeiten: von sechs Uhr abends bis sechs Uhr morgens. Olga hieß sie, war ziemlich rundlich und hätte fast schon Basils Großmutter sein können. An ihren dicken weichen Busen lehnte sich Basil gern.
Sie wohnte in einer der Nebenstraßen. Abends brachte sie immer frischen Spinat mit, den sie sorgfältig reinigte und kochte und ihn dann dem Kleinen in den

Mund löffelte. Sie empfand keinen Widerwillen gegen Spinat. Im Gegenteil – sie aß ihn gern. Bald hatte sie Basil beigebracht, mit dem Löffel allein klarzukommen. Denn der Junge war ja jetzt nicht mehr ganz klein! Inzwischen konnte er schon weit mehr als nur das Wort »Mama« sprechen.
»Spinat is dut!«, rief er jedes Mal, wenn Olga mit dem vollen Teller erschien. Und das Wort »Olga« benutzte er öfter als das Wort »Mama«.
Oft aßen sie gemeinsam Spinat, er aus seinem kleinen,

sie aus ihrem großen Teller. Und täglich ging sie in den späten Abendstunden mit ihm spazieren. Der kleine, rundliche, fast immer lachende Junge fiel niemandem auf. Denn so sehen auch tschechische, deutsche und jüdische Kinder aus. Unter Olgas Obhut gedieh er prächtig.

Olga passte sich den Vampiren an: Nachts war sie aktiv. Sie lebte allein, deshalb störte es niemanden, dass sie zu Bett ging, sobald sie von den Grusels heimkehrte. Erst um die Kaffeezeit stand sie wieder auf. Nach ein paar Tassen Kaffee und einem kräftigen Imbiss strickte sie noch ein gutes Stündchen an einem hellblauen Pulli für Basil, weil ihr der Junge in seinen grauen und schwarzen Sachen so Leid tat. Und auf dem Weg zur Arbeit kaufte sie noch schnell im Obst- und Gemüseladen auf der anderen Straßenseite frischen Spinat ein. Jeden Abend außer samstags. Die Nacht vom Samstag zum Sonntag hatte sie frei. Das war gut so, denn an den Samstagabenden probte ihr Gesangsverein. Diese Proben besuchte sie regelmäßig, auch wenn sie sehr müde war.
Übrigens: Emma und Olga trafen sich fast nie. Morgens ging Olga heim, bevor Emma kam, und gegen Abend ging Emma heim, bevor Olga kam. Aber sie kannten sich, weil sie beide aus demselben Dorf im Adlergebirge stammten. Sonntags, wenn sie freihatten, tranken sie manchmal zusammen Kaffee.

Es muss etwas geschehen!

Gewiss, dem kleinen Basil ging es in der Seifertgasse gut. Aber er würde ja älter werden, würde in die Gesellschaft der Vampire hineinwachsen. Als einer, der nach Spinat roch? Unmöglich!
»Es muss etwas geschehen, solange er noch ganz jung ist«, riet Großvater Grusel seinem Sohn. »Geht mit ihm zu einem Spezialisten.«
»Deine Hebamme ist mit Basils Fall überfordert«, sagte Großmutter Grusel zu ihrer Schwiegertochter. »Wendet euch an einen tüchtigen Vampirarzt.«
Damals gab es in Prag zwei Vampirärzte: Doktor Saugerich und Doktor Düsternis. Basils Eltern entschieden sich für Doktor Saugerich, weil er jünger war als der andere und vielleicht während seines Studiums neuere und modernere Heilmethoden kennen gelernt hatte.

Der Arzt, ein Kahlkopf mit Brille und langen, gelben Fingern, hob die buschigen Augenbrauen und betrachtete den Jungen kopfschüttelnd. Er kniff ihm in die dicken Wangen, klopfte und horchte ihn ab, tastete auf seinem Rücken nach den beiden Knubbeln, ließ sich seine Zunge zeigen, leuchtete ihm mit einer Lampe in die Pupillen, maß seine Temperatur, schlug ihm mit einem Hämmerchen gegen die Knie und prüfte seine Eckzähne.

»Die Zähne sind jedenfalls in Ordnung«, sagte er. »An den Zähnen kann es nicht liegen, wenn er mal kein guter Sauger werden sollte.«

»Aber was nützen die Zähne, wenn er kein Blut mag?«, klagte der Vater.

Doktor Saugerich nahm ihm Blut ab, um es unter dem Mikroskop zu untersuchen.
»Hoppla«, rief er, als er das Blut in die Spritze zog. »Na, so was!«
»Was denn?«, fragte Jarmil hastig.
»Stimmt was nicht?«, fragte Jule und riss die Augen auf.
Es stellte sich heraus, dass das Kind nicht schwarzes Blut in seinen Adern hatte, wie jeder gesunde Vampir, sondern rotes, wie Menschen – egal, ob sie tschechisch, deutsch oder jiddisch sprechen.
»Tja«, sagte er, »da haben wir das Problem. Eine ganz seltene Anomalie. Medizinisch hochinteressant. Ein Rotblüter. Deshalb auch sein blühendes Aussehen.«
»Wie stehen wir da, mit so einem Sohn!«, rief Jarmil.
»Tja«, seufzte der Arzt und hob die Schultern.
»Tun Sie was!«, flehte Jule.

Doktor Saugerich versuchte es mit einem Blutaustausch: rotes Blut raus, schwarzes Blut rein. Jarmil stellte sein eigenes Blut zur Verfügung. In mehreren Sitzungen sollte das Blut des Sohnes nach und nach ausgetauscht werden. Danach würde sich das Kind vielleicht normaler entwickeln, würde zumindest blasser und düsterer aussehen und Appetit auf Blut bekommen!

Aber so ein Blutaustausch ist eine heikle, ja gefährliche Sache. Deshalb machte Doktor Saugerich erst einen kleinen Test, ob Basil schwarzes Blut überhaupt vertrug. Zum Glück! Denn sobald das Kind die ersten Tropfen schwarzes Blut empfing, verdrehte es die Augen und schnappte nach Luft.

Da hörte Doktor Saugerich erschrocken auf und stellte fest: »Hoffnungsloser Fall. Trotz der Zähne und der Knubbel am Rücken steht fest: Dieses Kind ist kein richtiger Vampir. Leider ist das unheilbar – zumindest nach dem heutigen Stand der Forschung. Es handelt sich um eine angeborene Eigenart, mit der der Junge leben muss! Und Ihnen bleibt auch nichts anderes übrig, als die Dinge zu nehmen, wie sie sind.«

Ach, wie weinten da Jarmil und Jule! Sicherheitshalber befragten sie ein paar Tage später auch noch Doktor Düsternis. Der, ein schon recht zittriger alter Vampir mit tief liegenden Augen und einem Spitzbart, reihte nach der Untersuchung viele gelehrte Wörter aneinander, schüttelte den Kopf und schlug in dicken Büchern nach. Dann gab er den Eltern ein Fläschchen voll Medizin mit, von der Basil morgens, mittags und abends einen Teelöffel voll einnehmen sollte. Das tat er dann auch. Aber es änderte sich nichts.

Jule schrieb einen langen Brief an ihre Eltern und berichtete ihnen, was die Doktoren zu ihrem Sohn gemeint hatten. Der Briefbogen zeigte die Spuren vieler Tränen, als er bei den alten Kralikys ankam. Schon bald erhielt Jule einen Antwortbrief ihres Vaters. Darin schrieb er:

Ach, Jule, was ahnen diese Doktoren, die ihr Wissen nur aus Büchern und von den Universitäten haben, von den Geheimnissen des Lebens?
Bring den Jungen her. Wir fahren mit ihm zur Schwarzen Quelle in den Bergen bei Uschgorod – du kennst sie ja – und waschen ihn bei Vollmond mit dem Quellwasser. Davon sind sogar schon Blinde sehend geworden! Die Heilkraft der Schwarzen Quelle wird sicher auch das rote Blut deines Sohnes in schwarzes umwandeln und ihm die Lust am Spinat austreiben!

Dein treuer Vater

Darunter schrieb Oma Bóschena – und Jule konnte erkennen, dass auch sie beim Schreiben Tränen vergossen hatte – die Worte:

Kommt bald! Wir erwarten euch.
Mutter

Jule zeigte Jarmil den Brief.

»Fahr hin«, sagte er, nachdem er ihn gelesen hatte. »Wenn's nicht hilft, so wird es doch auch nicht schaden. Jedenfalls haben wir uns dann nichts vorzuwerfen. Wir haben getan, was wir konnten.«

Also fuhr Jule mit Basil in die Karpaten. Vier Wochen später kehrte sie traurig zurück: Auch die Schwarze Quelle in den Bergen bei Uschgorod hatte aus Basil keinen echten Vampir gemacht.

Nun blieb alles so, wie es war, außer dass Basil älter wurde. Er feierte seinen dritten und seinen vierten Geburtstag im Viertel hinter dem Hauptbahnhof. Und seine gute dicke Olga feierte immer mit.

Aber noch vor seinem sechsten Geburtstag sollte sich etwas Entscheidendes ändern.

Vom Keller bis unters Dach

Jette hasste die Seifertgasse, ja die ganze Umgebung. Sie wollte unter ihresgleichen leben, wollte zurück ins Vampirviertel.

»Lange halte ich's hier nicht mehr aus«, drohte sie ihren Eltern. »Tut was – oder ich haue ab!«

Sie quengelte so lange, bis die Grusels wieder auf die Kleinseite zogen – in ihre alte Wohnung. Die stand leer, seit sie sie verlassen hatten, denn sie roch immer noch nach Spinat. Deshalb hatte sie bisher kein Vampir mieten wollen. Und den Juden, Deutschen und Tschechen war sie zu düster und verwinkelt. Da die Hausbesitzer mit einem solchen Haus, in das niemand ziehen wollte, nur Ärger hatten, boten sie es den Grusels für einen sehr günstigen Preis zum Kauf an. Die griffen zu ohne zu zögern.

Für die kleine Familie war das Haus mit seinen vier Wohnungen viel zu groß. Aber das machte ihnen nichts aus. Die Grusels zogen hinauf in das oberste Stockwerk und ließen die drei unteren leer stehen. Deshalb roch jetzt das Haus unten kaum noch nach

Spinat. Und oben wurde gelüftet, wenn Olga Basils Lieblingsgericht kochte. Da zog der Gestank durch die Dachfenster ab, aufwärts in den Himmel. Dort störte er die Vampire nicht, weil sie ja nicht mehr fliegen konnten.

Ganz früher, heißt es, konnte man nachts jede Menge Vampire von der Kleinseite aufsteigen und davonfliegen sehen. Die Alten schafften es nur über die Moldau hinüber. Die Jungen aber machten weite Ausflüge bis hinaus aufs böhmische Land, in die Dörfer und Kleinstädte. Ja, manche waren so kräftig, dass sie sich Flüge bis nach Bayern und Thüringen und ins Waldviertel hinüber zutrauten, wo sie sich über Schläfer

vor allem in einsamen Hütten und Höfen hermachten.
Ahnungslose Beobachter vermuteten, dass die vielen Schatten, die bei Mondschein über den Himmel zogen, Fledermäusen gehörten. Einer groß gewachsenen Sorte, die es in Europa sonst nirgends gab. Wie falsch war ihre Vermutung! Aber woher sollten sie die Wahrheit erfahren? Es gab ja damals noch keine Fernsehnachrichten. Und keine Wissenschaftler, die sich mit Fledermäusen genau auskannten.
Gegen Morgen, auf jeden Fall noch vor Sonnenaufgang, kamen die Vampire alle wieder heimgeflogen. Manche früher, manche später, einige noch hungrig, andere so satt, dass man sie rülpsen hören konnte.
Noch heute rülpsen Vampire gern.

Basil durfte zum Spielen nicht auf die Straße. Jarmil und Jule ließen den Kleinen so gut wie nie aus dem Haus. Es war nun Gras über die Sache gewachsen, seit sie fortgezogen waren. Und so sollte es nach ihrer Rückkehr auch bleiben. Sie fanden, Basil habe in dem großen leeren Haus ja genug Platz zum Spielen und Toben.
Ja, Platz hatte er. Vier Stockwerke und das Treppenhaus. Er sauste die Treppe hinauf und hinunter, er kroch bis auf den Dachboden und durchstöberte den Keller. Aber bald langweilte er sich so allein, vor allem am späten Nachmittag, wenn alle Grusels außer

ihm das Haus verließen. Draußen aber, auf der Gasse, lärmten Kinder: Menschenkinder und Vampirkinder durcheinander. Vor allem an den langen Sommerabenden tollten die Kinder der Kleinseite zwischen den Häusern herum. Und je später und dunkler es wurde, umso mehr junge Vampire waren darunter.
»Ich will auch raus, mit ihnen spielen!«, rief Basil.
»Ich darf dich leider nicht rauslassen, Kind«, sagte Olga traurig.
Basil machte das Fenster im Erdgeschoss auf, lehnte sich hinaus und sah den Kindern zu, wie sie Räuber und Gendarm spielten. Er jubelte, wenn ein Räuber den Gendarmen entwischte, und juchzte, wenn es den Gendarmen gelang, ihn wieder einzufangen.
»Komm doch raus und spiel mit!«, riefen ihm die Kinder zu.
»Ich darf nicht raus zu euch«, antwortete Basil. »Aber wenn ihr wollt, könnt ihr reinkommen!«

Das ließen sich die Knirpse nicht zweimal sagen. Ein fremdes Haus war spannend. Und schon waren sie drinnen!
Aber die Vampirkinder begannen zu schnüffeln und sagten: »Hier riecht's so komisch.« Und einer nach dem anderen verließ das Haus, bis nur noch Menschenkinder da waren.
Das machte Basil nichts aus. Er fühlte sich unter Menschenkindern genauso wohl. Er führte sie in jeden

Raum, vom Keller bis unter die Dachsparren. Sie gruselten sich in den verwinkelten, dunklen Kellerräumen, schritten durch die leeren Zimmer, durch die sie lange Schatten warfen, beugten sich oben aus den Dachfenstern und winkten hinunter auf die Straße. Bald wollten sie nicht nur alle Räume des Hauses auskundschaften, sondern begannen zu spielen, und Basil spielte mit. Im Treppenhaus setzten sie sich rittlings auf das Geländer und sausten vom vierten Stock bis ganz nach unten. In den leeren Wohnungen spielten sie Schattentheater. Sie stiegen in die Wandschränke, spielten Verstecken und hatten eine Menge Spaß. Bis einige von ihnen zu gähnen begannen. Für sie war es ja bald Schlafenszeit. Draußen auf der Gasse hörte man schon Menschenmütter ihre Kinder rufen. Eines der Kinder lauschte hinaus.

»Uns ruft noch niemand«, meldete es.

»Was haltet ihr davon, wenn ich jetzt für alle Palatschinken backe?«, fragte Olga.

Das gab ein Gejubel und Geschrei! Prager Kinder sind jetzt wie auch früher auf Palatschinken scharf. Das sind große dünne Eieromeletts. Sie werden mit Marmelade bestrichen oder mit Zucker und Zimt bestreut und eingerollt: ein Kinderlieblingsgericht in Prag und anderswo!

Palatschinken

Olga, die in einem versteckten Kellerraum immer einen Vorrat nichtvampirischer Lebensmittel für ihren Liebling Basil hortete, stellte ein Schüsselchen mit Zucker und Zimt auf den Küchentisch und eine große Schüssel daneben. Darin rührte sie aus einem Liter Milch, einem halben Kilo Mehl und vier Eiern einen glatten, dünnflüssigen Teig. In einer Bratpfanne auf der Herdplatte ließ sie ein nussgroßes Stück Butter zerfließen. Als es brutzelte, goss sie eine kleine Schöpfkelle voll Teig darauf und neigte die Pfanne hin und her, bis sich der Teig auf dem ganzen Pfannenboden verteilt hatte.

Basil sah ihr aufmerksam zu.

»Und jetzt?«, fragte er.

Sie sagte nichts. Sie hob den Teig nur ein bisschen mit einem breiten Messer an und spähte auf seine Unterseite.

»Was gibt's da zu sehen?«, fragte er.

»Die Unterseite ist braun geworden«, erklärte Olga. »Hellbraun. Jetzt ist es Zeit.«

»Zeit wofür?«

Olga riss die Pfanne mit einem schrägen Ruck in die Höhe. Zu Basils großem Erstaunen flog die runde Palatschinke in die Luft, überschlug sich und landete mit der gebräunten Seite nach oben wieder in der Pfanne.

»Zeit dafür«, antwortete sie.

Er konnte sie nicht verstehen, denn die Kinder tobten so laut im Haus herum.
»Zeit *da*für!«, schrie sie ihm ins Ohr. Und nach rückwärts gewandt brüllte sie: »Ruhe, zum Donnerwetter!«
Für eine kleine Weile verstummte der Lärm.
»Hände waschen!«, befahl Olga. »Einer nach dem anderen, ohne Gedränge!«
»Wie machst du das«, fragte Basil verblüfft, »dass die Palatschinken nicht neben der Pfanne landen?«
»Das will geübt sein. Anfangs landeten sie bei mir auch wer weiß wo.«
Sie schaute wieder unter den Teig, nickte zufrieden und holte schnell zwei große Teller aus dem Geschirrschrank. Dann ließ sie die fertige Palatschinke aus der Pfanne auf den einen Teller rutschen, streute Zucker und Zimt darauf, rollte sie zusammen und legte sie auf den anderen Teller.

»Jetzt will ich die nächste machen«, sagte Basil, warf ein nussgroßes Stück Fett in die Pfanne und wartete, bis es brutzelte. Währenddessen deckte Olga den Tisch. Es waren acht Kinder, mit Basil neun. Der zehnte Teller war für Olga selber.
»Und jetzt?«, rief Basil aufgeregt. Er hatte vergessen, was als Nächstes kam.
»Teig in die Pfanne.«
Er nahm die Schöpfkelle zu voll. Der Teig floss im Nu

bis zum Pfannenrand, ohne dass er die Pfanne nach allen Richtungen schief halten musste.
»Das wird eine dicke«, meinte Olga. »Die braucht etwas länger. Schau drunter!« Sie reichte ihm das breite Messer.
Basil hob den Teig an und schaute auf die Unterseite. Ein heißer Fettspritzer traf seine Nase. Er jaulte auf.
»So lernt man im Leben«, sagte Olga. »Dreh sie um, sonst wird sie zu dunkel.«
Basil ergriff den Pfannenstiel und hielt den Atem an. Jetzt war der Augenblick gekommen, auf den es ankam. Er riss die Pfanne mit einem Ruck hoch. Die halbfertige Palatschinke flog in hohem Bogen durch die Luft und landete mit der noch unfertigen Seite auf Olgas Busen.
Olga zog sie vorsichtig von der Küchenschürze ab und legte sie wieder in die Pfanne.
»Jetzt ist sie so dünn, wie sie sein soll«, meinte Olga. »Es hat alles sein Gutes.«
Sie zog die Schürze aus und zog eine saubere an. In ihrer großen Einkaufstasche hatte sie immer eine Ersatzschürze.
Basil warf einen Blick unter seine Palatschinke. Sie war schön hellbraun. Er ließ sie von der Pfanne auf den Teller gleiten, bestreute sie mit Zucker und Zimt, rollte sie zusammen und legte sie neben die erste fertige Palatschinke.

Währenddessen bespritzten sich die Kinder beim Händewaschen gegenseitig unter großem Gelächter. Olga musste für Ordnung sorgen. Aber schon kam sie wieder in die Küche gerannt, packte die Pfanne und schob sie an den Rand der Herdplatte: »Wenn fast kein Fett mehr in der Pfanne ist, darfst du sie nicht über der Hitze stehen lassen, sonst wird sie schwarz und es fängt an zu stinken.«
Sie tat ein nussgroßes Stück Fett hinein und drückte Basil die Pfanne wieder in die Hand.
Beim zweiten Mal ging alles schon etwas leichter. Nur wurde die Palatschinke kleiner als die erste, weil Basil etwas zu wenig Teig in die Pfanne goss. Und er gab der Pfanne zu viel Schwung. So flog die kleine Palatschinke hoch, klatschte an die Decke und kam wieder herunter.
»Fang sie auf!«, rief ihm Olga zu.
Basil hielt ihr die Pfanne unter und sie landete tatsächlich darin, sogar mit der fertigen Seite nach oben.
»Alle Achtung«, sagte Olga. »Das war eine Meisterleistung, wirklich. Du bist ein Naturtalent.«
Basil glühte vor Stolz.
»Zu Tisch!«, rief Olga.

Die Kinder kamen gelaufen. Aber sie setzten sich nicht an den Tisch, sondern sahen Basil beim Palatschinkenbacken zu. Auf keinen Fall wollte er sich vor ihnen blamieren. Und so schaffte er es, seine dritte in die Luft zu schleudern, ohne dass sie auf einem Busen kleben blieb oder an die Decke klatschte. Sie machte einen halben Salto in der Luft und landete in der Pfanne, die Basil rechtzeitig hinhielt.

Alle staunten und applaudierten. Auch die vierte, fünfte und sechste gelang ihm. Der Erfolg machte ihn leichtsinnig: Die siebente wurde zu dunkel. Außerdem hielt er die Pfanne nicht richtig hin, als die Palatschinke herunterkam. Und so blieb sie – halb innen, halb außen – am Pfannenrand hängen.

»Macht nichts!«, sagte Olga und zog sie in die Pfanne. »Es ist noch kein Meister vom Himmel gefallen.«

Endlich saßen alle um den Tisch und auf dem Teller lagen zwanzig Palatschinken. Allen schmeckten sie bestens. Auch Basil, der zum ersten Mal Palatschinken aß.

Es blieb keine einzige übrig.

Elende Petze!

Als sie gerade die letzten Bissen hinunterschluckten, ging die Tür auf und Jette erschien. Wie angewurzelt blieb sie stehen.

»Was geht denn hier vor?«, rief sie verblüfft. »Wer hat euch ins Haus geholt?«

»Basil hat uns eingeladen«, sagte ein Junge schüchtern.

»Ja, das habe ich«, sagte Basil. »Und es war richtig schön mit ihnen. Ich bin sonst immer so allein, wenn ihr weg seid. Wir hatten viel Spaß miteinander. Und ich habe selber Palatschinken gemacht …!«

»Raus mit euch«, sagte Jette düster und machte die Tür weit auf. »Basil ist nicht gesund. Er verträgt es nicht, so viel Lärm um sich zu haben.«

»Das ist doch gar nicht wahr!«, rief Basil wütend.

Die Kinder wurden ganz still.

»Außerdem mögen es Papa und Mama nicht, wenn Fremde durch unser Haus toben«, fügte Jette hinzu.

Traurig erhoben sich die Kinder von ihren Stühlen und gingen zur Tür.

»Nein, nein, bleibt hier!«, rief Basil.

»Lass sie doch noch ein Weilchen zusammen spielen, Jette«, mischte sich Olga ein. »Sie tun ja nichts Böses.«

»Und wer hat Ihnen erlaubt, die Kinder auf unsere Kosten satt zu machen?«, fuhr Jette die arme Olga an.

»Die Zutaten habe ich von meinem Geld bezahlt«, sagte Olga.

»Also raus hier«, sagte Jette zu den Kindern gewandt. »Und zwar ein bisschen fix!«

»Olga, sag doch was!«, jammerte Basil.

»Tut mir Leid, Basil«, seufzte Olga, »aber ich hab hier nichts zu bestimmen.«

Basil sprang auf und gab allen Kindern zum Abschied die Hand. So machten es die Menschen untereinander. Vampire geben sich die Hände nicht.

»Danke für die leckeren Palatschinken«, sagte ein kleines Mädchen. »Ich glaube, du wirst mal Koch werden.«

»Nein«, sagte Jette hart. »Er wird unseren Schweinezuchtbetrieb übernehmen. Das ist schon lange abgemacht.«

»Ich werde Koch«, murmelte Basil. »Ja, ich werde Koch,« sagte er laut. »Ich werde Koch!«, brüllte er, so heftig er konnte. »Das ist jetzt abgemacht!« Und dem kleinen Mädchen flüsterte er beim Vorübergehen ins Ohr: »Kommt morgen um die gleiche Zeit wieder!«

Jette hatte die Tür hinter dem letzten Kind noch nicht geschlossen, als Basil sie anschrie: »Du bist gemein! Ganz gemein bist du!«
»Warte nur«, grinste sie. »Wenn Mama und Papa heimkommen, erzähl ich's ihnen. Alles!«
»Du elende Petze!«
»Auch dass du Koch werden willst.«
»Mir doch egal«, knurrte Basil mit vorgezogener Unterlippe. »Aber lass Olga aus dem Spiel.«
»Ha!«, rief Jette. »Deine dicke Olga kriegt auch ihr Fett ab!«
»Du miese Ratte!«, fauchte er sie an. »Wenn du Olga mit reinziehst, verrate ich Mama und Papa, dass du die Schule geschwänzt hast!«
»Ich bin in der Pause nur hergelaufen, um mein Erdkundebuch zu holen«, verteidigte sie sich.
»Das ist ja gar nicht der Grund!«, triumphierte er. »Du bist nur aus der Schule geflitzt, weil du mit dem langen Hades Gräulich knutschen willst, dem Lehrling aus dem Uhrmacherladen! Und du hast nur hier reingeschaut, damit du Zeugen hast, dass du hier gewesen bist!«
»Blödsinn!«, rief Jette wütend, schnitt ihm eine Grimasse und rannte davon.

Aber nicht in Richtung Schule, sondern in Richtung Uhrmacherladen, wie Basil durch das Fenster sehen konnte. Ihr Erdkundebuch vergaß sie auf der Vitrine. Er blätterte es durch, betrachtete die Bilder von Amerika und dachte: Schade, dass ich noch nicht lesen kann …

Kaum kehrten die Eltern gegen Morgen heim, berichtete ihnen Jette brühwarm von dem Schwarm Menschenkinder in ihrem Haus. Sie schilderte alles viel schlimmer, als es gewesen war: »Herumgetobt sind sie wie die Wilden! Deinen Nähkasten haben sie ausgeschüttet, Mama! Nur mühsam hab ich ihn in Sicherheit bringen können. Auf dem Tisch haben sie getanzt! An den Kronleuchter haben sie sich gehängt und daran geschaukelt!«
Niemand war da, der hätte widersprechen können. Denn Basil schlief schon und Olga werkelte noch in der Küche. Sie hatte so lange dafür gebraucht, den runden Fettfleck von der Decke zu entfernen.
Jarmil und Jule riefen sie ins Wohnzimmer und fragten sie ärgerlich: »Warum haben Sie das zugelassen?«
»Der Junge sehnt sich danach, mit anderen Kindern zu spielen«, sagte sie. »Und weil er nicht hinausdarf, habe ich ihm eben erlaubt sie hereinzuholen. Es ist doch nichts Böses, Kinder ins Haus zu holen …«

»Er soll sich nicht an Menschenkinder gewöhnen!«, knurrte Jarmil.
»Warum denn nicht?«, fragte Olga verwundert.
»Weil die so viel lachen«, sagte Jule. »Unsereiner lacht nicht.«
Da musste Olga lachen. »Eben drum!«, rief sie. »Ein Kind muss doch lachen. Lachen ist gesund!«
Basil wachte von ihrem Gelächter auf, schlich an die Wohnzimmertür und hörte eine Weile zu. Dann stürmte er hinein.
»Ja«, rief er, »ich hab genug von den griesgrämigen Gesichtern um mich herum. Ich will lachen! Mit den Menschenkindern lässt es sich gut lachen! – Außerdem knutscht Jette mit dem Lehrling aus dem Uhrmacherladen. Ich hab sie selber dabei beobachtet. Sie hat die Schule wegen ihm geschwänzt!«
Abgelenkt durch diese Neuigkeit vergaßen die Grusel-Eltern, Olga zu bestrafen. Zornig stürzten sie in Jettes Zimmer.

»Danke, Basil«, sagte Olga und holte tief Luft. »Das hätte schlimm ausgehen können. Du hast mich fürs Erste gerettet.«
»Wir beide bleiben zusammen«, sagte Basil und schlang seine Arme um ihre Hüfte. »Egal, was kommt.«
Olga seufzte traurig: »Ich bete jeden Tag für dich. Vor den Grusels kann's einem manchmal gruseln.

Aber du bist anders. Du bist ein wahrer Sonnenschein. Lass dich von deiner Gruselfamilie nur nicht kleinkriegen.«
»Nie und nimmer«, sagte Basil. »Und du dich auch nicht.«

Am nächsten Abend konnte es Basil kaum erwarten, bis seine Eltern und schließlich auch seine Schwester das Haus verlassen hatten. Kaum war Jette am Ende der Gasse verschwunden, riss er die Haustür auf und holte die Kinder herein. Und wieder begann ein Gelächter und Getobe durch alle Stockwerke, und alle Fenster wurden aufgerissen, von unten bis unters Dach, und Olga rührte Süßes und rollte es zu Bällchen, die sie an alle verteilte. Basil half ihr eifrig dabei und gab Acht, wie sie die runden Marzipankugeln machte.

Aber mitten in den Trubel platzten Jarmil und Jule, die kontrollieren wollten, ob Basil und Olga sich an ihre Anweisungen hielten. Jule schloss alle Fenster, die Kinder wurden aus dem Haus gescheucht, Basil bekam Stubenarrest und Olga wurde fristlos entlassen. Sie wollte sich noch von Basil verabschieden, aber seine Eltern erlaubten es ihr nicht.

Weinend ging sie fort.

»Und ich werde doch Koch!«, brüllte Basil in seinem Zimmer.

Alles über Vampire

Basil war untröstlich. Er weinte seiner dicken guten Olga nach und wollte sie besuchen. Aber er wusste ihre Adresse nicht. Und er hätte die Straßennamen ja auch noch gar nicht lesen können. Deshalb nahm er sich vor, so schnell wie möglich in die Schule zu kommen, um Lesen und Schreiben zu lernen.

Aber noch fehlten ihm ein Jahr und zwei Monate.

Seine Eltern wagten es nicht, ihn allein daheim zu lassen, auch wenn er sich jetzt seinen Spinat schon selbst zubereiten konnte. Deshalb nahmen sie ihn jeden Tag mit in den Betrieb. Sie erlaubten ihm, auf dem Hof zwischen den Schweineställen zu spielen.

Aber dieser Hof war zugleich auch der Schlachthof. Oft, wenn Basil in den frühen Abendstunden herkam, sah er auf den Pflastersteinen dunkle Pfützen, die nach Blut rochen. Nach Schweineblut. Davon wurde ihm ganz schlecht.

»Stell dich nicht so an!«, fuhr ihn Jarmil an.

Er ließ seinen Sohn manchmal zusehen, wenn er sich, erschöpft von der schweren Arbeit und durstig,

ein Ferkel an den Ohren schnappte und es aussaugte.
»Daran musst du dich gewöhnen, Junge«, sagte er, wenn er Basils entsetzte Augen sah. »Wir sind eben Vampire, und die brauchen ab und zu ganz frisches Blut. Probier's doch auch endlich mal!«
Aber Basil schüttelte sich nur angewidert. Zuweilen übergab er sich sogar. Schlapp kam er morgens

heim und zeigte beim gemeinsamen Essen keinen Appetit.
»Jetzt trink endlich Blut!«, herrschte ihn Jette an.
»Du hast mir gar nichts zu befehlen, du Petze!«, fauchte Basil zurück.
»Selber Petze!«, keifte Jette, die ihren Bruder noch weniger leiden mochte, seit sie ihren Hades Gräulich nicht mehr sehen durfte. Dieser Kummer machte sie ganz fahl, fast durchsichtig.
»Trink jetzt Blut, oder ich zwick dich!«, herrschte sie ihren Bruder an.
»Wenn du mich zwickst, beiß ich dich«, konterte Basil. »Und zwar tief. Du weißt ja: Ich hab zwei Eckzähne, die sich sehen lassen können …«
Diese Drohungen bewirkten, dass erst mal wieder Frieden herrschte. Aber ein falscher Frieden.

Basil wurde immer schweigsamer. Schließlich sprach er gar nicht mehr. Mit niemandem.
»Dass er blasser wird und nicht mehr lacht, ist ja gut«, meinte Jarmil. »Nicht aber, dass er verstummt. Ein stummer Vampir ist auch nicht normal und schlecht fürs Geschäft. Hier im Betrieb können wir ihn nicht lassen.«
Sie fragten die Großeltern Grusel, ob sie ihn unter der Woche nachts zu sich nehmen wollten. Die waren einverstanden, allerdings erst nach einigem Zögern.
»Aber Spinat koche ich ihm nicht«, sagte die Groß-

mutter. »Er muss essen, was bei uns auf den Tisch kommt. Die Kinder werden heutzutage ohnehin viel zu sehr verwöhnt.«

Als Basil am nächsten Abend zu den Großeltern kam, war er noch stumm. Aber als der Großvater, der nur noch ein paar Stunden in der Woche in seinem Antiquariat nach dem Rechten sah, Schach mit ihm spielte, machte Basil auf einmal seinen Mund auf und sagte: »Du bist matt.«
Tatsächlich: Großvater war matt. Kopfschüttelnd betrachtete er seinen Enkel.
»Der wird mal ein Genie«, sagte er und setzte ihn auf einen kleinen Schemel zu seinen Füßen. »Es wird Zeit, dass du etwas lernst. Am besten, wir fangen gleich an.« Und er begann zu dozieren, was er sich im Lauf seines langen Lebens aus seinen Büchern angelesen hatte.
»Weißt du überhaupt, kleiner Basil, was Vampire sind?«
Basil wollte schon antworten: »Na, das sind doch wir!« Aber der Großvater ließ ihn nicht zu Wort kommen: »Natürlich weißt du das nicht. Deshalb werde ich dir das jetzt erklären. Hör gut zu! – Zuerst will ich kurz die Fledermäuse erwähnen, die auch Vampire genannt werden. Es sind –«
»Wir sind also Fledermäuse?«, fragte Basil verblüfft.

»Unterbrich mich nicht«, fuhr ihn der Großvater an, »sondern hör zu. Vampire nennt man drei in den Tropen und Subtropen Amerikas verbreitete, zur Familie der Neuwelt-Blattnasen – auf Lateinisch Phyllostomidae – gehörende Fledermausarten, die sich von Wirbeltierblut ernähren. Das sind die Weißflügel-Vampire, die Kammzahn-Vampire und die Gemeinen Vampire ...«

»Warum ist die dritte Sorte gemein?«, fragte Basil interessiert.

»Pst!«, flüsterte die Großmutter im Hintergrund. »Hast du nicht gemerkt, dass Großvater es nicht mag, wenn man ihn unterbricht?«

Der Großvater fuhr fort: »Vampire erkennen ihre Beute am Geruch, am Erscheinungsbild, an der abgestrahlten Körperwärme und mit Hilfe ihrer Ortungslaute. Zur Blutaufnahme beißen diese Fledermäuse dem Beutetier an einer geeigneten Stelle ein kleines Hautstück ab und lecken das frisch austretende Blut. Der Gemeine Vampir nimmt pro Nacht bis etwa 40 Milliliter Blut auf. Das sind rund 132 Prozent seines Körpergewichts. Da die große, mit dem Blut aufgenommene Wassermenge den Körper des Vampirs stark belastet, wird das Wasser möglichst schnell nach der Nahrungsaufnahme wieder ausgeschieden ...«

»Das kenne ich von Papa«, sagte Basil. »Der muss auch immer so viel pinkeln, wenn er vorher ein Ferkel ausgesaugt hat.«

»Basil!«, schrie die Großmutter auf und rang die Hände. »So spricht man doch nicht von seinem Vater!«

»Aber nun«, sagte der Großvater und hob die Stimme, »komme ich auf die anderen Vampire zu sprechen, zu denen wir gehören. In den Büchern der Menschen steht zu lesen, dass wir Verstorbene sind, die nachts ihrem Grab entsteigen, um Lebenden Blut auszusaugen. Dieser Vorstellung zu Grunde liegt der Glauben an den lebenden Leichnam, der in Menschen- oder Tiergestalt wiederkehrt, um Schäden, Seuchen oder Tod zu verursa…«

Basil begann zu gähnen. Es fiel ihm schwer, so lange stillzusitzen.

»Was also sind Vampire?« Der Großvater machte eine kleine Pause. »Eine besondere Art von Menschen? Nein. Menschen sind voller Lebenslust und mögen Sonnenschein und Gelächter …«

Basil fuhr bei diesem Wort aus dem Halbschlaf.

»Tote, die nachts aus ihren Gräbern steigen?«, fragte der Großvater ohne eine Antwort zu erwarten. »Aber nein. Das ist ein unappetitlicher Aberglaube.

Also Gespenster? Nein. Vampire haben ja Blut, wenn auch kein rotes, sondern schwarzes. Und sie können sich nicht in Luft auflösen.

Fabelwesen, wie zum Beispiel Trolle oder Zwerge oder Elfen oder Riesen? Weit gefehlt. Die haben sich die Menschen ja nur ausgedacht. Die existieren nur

in der Fantasie. Die Vampire aber gibt es wirklich. Sonst wäre die Prager Kleinseite ja halb leer!
Tiere? Nun ja, früher, als wir Vampire noch Flügel trugen und fliegen konnten, sahen wir den Fledermäusen vielleicht etwas ähnlich. Aber zur Familie der Neuwelt-Blattnasen, die sich tagsüber an dämmrigen Orten an den Füßen aufhängen und in dieser Stellung schlafen, gehören wir nicht. Wir schlafen in Betten und sprechen, sie nicht.«
»Was sind wir dann also?«, fragte Basil mit halb geschlossenen Augen.
Der Großvater räusperte sich: »Niemand weiß genau, was Vampire sind. Jedenfalls handelt es sich bei ihnen um ›Wesen‹.« Er räusperte sich noch einmal und fuhr dann fort: »In der Literatur findet sich eine erste Gestaltung des Vampir-Motivs in Goethes Ballade …«
Basils Augen fielen zu, dann rutschte er von seinem Schemel und schlief auf dem Flickenteppich weiter.
»Du übertreibst es, Pankraz«, sagte Großmutter Grusel. »Er geht doch noch nicht einmal zur Schule.«
»Man kann unserem Nachwuchs gar nicht früh genug beibringen, stolz auf unsere Gattung zu sein«, sagte Großvater Grusel feierlich. »Wir sind wer!«
Kopfschüttelnd brachte die Großmutter den Jungen ins Schlafzimmer. Er erstickte fast unter dem schweren Federbett, unter dem bereits vier Vampirgenerationen geschlafen hatten.

Es zeigte sich schon nach ein paar Tagen, dass die Großeltern mit Basil überfordert waren. Denn er wollte nicht immer Schach spielen oder Großvaters Belehrungen hören oder Mitternachtsschläfchen machen oder an Großmutters Hand brav über die Karlsbrücke spazieren und Omas Freundinnen grüßen. Er wollte unbedingt, dass der Großvater mit ihm im Viertel hinter dem Hauptbahnhof seine dicke Olga suchen ging. Als der sich weigerte, ballte Basil die Fäuste und nannte ihn ›Menschenfeind‹. Mitten am Tag, wenn alle Vampire schlafen, wurde er lebhaft und lachte so laut, dass die Vampirnachbarn an die

Wand klopften. Und er weigerte sich Vampirkost zu sich zu nehmen. Er verlangte Spinat.

Aber da machte die Großmutter nicht mit.

»Nein, Jarmil und Jule«, sagte sie traurig, »dieser Aufgabe sind wir nicht mehr gewachsen. Euer Sohn ist extrem verhaltensauffällig. Ihr müsst euch nach einer anderen Lösung umsehen.«

»Schickt mich doch in die Schule!«, schlug Basil vor.

»Dazu bist du noch ein Jahr zu jung«, sagte Jarmil.

»Dann lasst mich eine Aufnahmeprüfung machen!«

Das taten sie und Basil bestand. Die Eltern und Großeltern atmeten auf und Basil freute sich riesig. Endlich würde er wieder unter Kindern sein! Er lachte, wenn er daran dachte. Er wollte so schnell wie möglich Lesen und Schreiben lernen, um die Straßennamen zu entziffern und seine gute Olga wiederzufinden.

Spinat ist fad, Blut ist gut

Die Vampirschule lag in einer Sackgasse unterhalb der Burg, war noch viel verwinkelter als Grusels Haus und roch modrig wie ein Verlies. Unter den Vampiren wurde sie sehr gelobt als eine der besten auf der ganzen Welt. Sie nahm nur Vampirkinder auf. Jetzt gibt es sie längst nicht mehr. Heute lernen Vampire alles, was sie wissen müssen, aus dem Internet.

Als Basil von seiner Mutter in die Schule gebracht wurde, hätte ihm eigentlich das Lachen vergehen müssen. Denn kaum hatten sie – es war gerade Pause – den Schulhof betreten, kamen alle Vampirkinder gelaufen, dünne, blasse Wesen mit grauer Haut und düsterem Blick, und gafften den rundlichen, pausbäckigen Jungen an.

Der Schulleiter schüttelte den Kopf.

»Nein, Frau Grusel«, sagte er, »Ihr Sohn gehört nicht in unsere Schule. Er ist ja kein Vampir.«

Jule bat und bettelte und forderte Basil auf, seine Eckzähne auszuklappen.

»Da, sehen Sie«, rief sie. »Wer hat denn solche Zähne

außer Giftschlangen und Vampiren? Eine Giftschlange ist er garantiert nicht. Also muss er ein Vampir sein!«

Sie bat vergeblich. Erst Vater Grusel konnte den Schulleiter am nächsten Tag dazu bewegen, seinen Sohn aufzunehmen: indem er der Schule einen Getränkeverkaufsstand mit Tresen, Regalen und Kasse stiftete. Dazu fünfundzwanzig Flaschen Schweineblut im Monat gratis.

Dieses Argument überzeugte den Schulleiter.

So wurde Basil doch ein Schüler dieser Schule. Aber leicht hatte er es dort nicht.

»Bist du ein Mensch?«, fragte ihn ein Mädchen mit herabhängenden Mundwinkeln und traurigen Augen.

»Ich bin ein Vampir«, antwortete Basil.
»Warum bist du dann so dick?«
»Das ist Veranlagung«, sagte Basil. »Außerdem ist es doch langweilig, wenn alle gleich aussehen.«
»Aber ich finde das hässlich.«
»Macht nichts.«
»Und du stinkst nach Spinat.«
»Und du nach Schweineblut.«
»Wenn ich so aussähe wie du und so riechen würde wie du, würde ich mich in der Moldau ertränken«, sagte ein Junge, während er schmatzend an einer Flasche Schweineblut saugte.
»Ertränken?«, fragte Basil. »Das macht doch keinen Spaß!«
»Hast du ›Spaß‹ gesagt?«, rief ein anderer Junge. »Hoffentlich hat das kein Lehrer gehört. Denn das Wort ›Spaß‹ ist an unserer Schule verboten.«

Basil lernte schnell Lesen und Schreiben. Es dauerte nicht lang, da brachte er den Lehrer durch seine hart-

näckigen Fragen in Verlegenheit. So wollte er zum Beispiel wissen, ob ein Vampir sterben müsse, wenn er gezwungen wäre sich ununterbrochen im Tageslicht aufzuhalten. Und warum Vampire keine Gesangsvereine haben. Es gebe doch traurige Lieder genug.

Das wusste der Lehrer auch nicht. Er empfahl Basil, nicht so viel nachzudenken.

Die Kinder in seiner Klasse gingen ihm aus dem Weg, obwohl er bald am flüssigsten von allen lesen konnte – oder vielleicht auch gerade deshalb? Er war eben so anders. Wenn er auf dem Pausenhof aus seinem Napf Spinat löffelte, während alle anderen Vampirkinder an Trinkröhrchen saugten – na, was saugten sie wohl aus den Flaschen, die ihnen ihre Mütter mitgegeben hatten? –, hielten sie sich die Nasen zu und riefen im Chor:

> »Spinat ist fad,
> Blut ist gut!«

und

> »Wer Spinat frisst,
> kein Vampir ist!«

Sogar sein Vater, der ihn um Mitternacht abholte, bekam von ein paar superdüsteren Knaben einen besonders frechen Spruch nachgerufen:

> »Schäm dich, Basils Vater,
> dein Sohn ist ein Spinater!«

Jule gab Basil darauf Blutorangensaft mit, damit es nicht so auffiel, dass er sich anders ernährte. Auf den ersten Blick sieht dieser Saft ja wie Blut aus. Aber natürlich fanden die anderen Kinder bald heraus, was er in seiner Flasche hatte.
Jette schaute weg, wenn sie ihren Bruder in der Pause irgendwo allein sitzen sah. Wenn jemand sie fragte: »Bist du nicht die Schwester von dem da?«, und dabei auf Basil zeigte, tippte sie sich an die Stirn und antwortete hastig: »Von dem da? Bei dir tickt's wohl nicht richtig!«

Auch zu Hause spürte er, dass man sich mit ihm genierte. Hatten Vater oder Mutter Grusel Geburtstag, wurden alle Verwandten und Bekannten zu einem tollen Essen im teuersten Vampirrestaurant eingeladen. Aber Basil war meistens nicht mit dabei. Sie ließen ihn daheim und erklärten den Gästen seine Abwesenheit damit, dass er die Grippe habe und das Bett hüten müsse oder am nächsten Abend eine Klassenarbeit schreiben und dafür lernen müsse oder Klavierunterricht von einem berühmten Musikprofessor bekomme und der könne zu keiner anderen Zeit.
Alles gelogen. Aber das machte ihm nichts aus. Er war gern allein. Er breitete dann den großen Stadtplan seines Vaters auf Tisch oder Fußboden aus und studierte alle Straßennamen hinter dem Hauptbahnhof. Aber das brachte ihn Olga nicht näher, denn er

wusste ja nicht, in welcher dieser vielen Straßen sie wohnte. Er kannte nicht einmal ihren Nachnamen. Und jede vierte Frau in Prag hieß damals Olga.
Oft trieb es ihn, wenn er allein daheim war, in die Küche. Solche Sonntags- und Feiertagsnächte, in denen Mutter, Vater und Schwester ausgingen und erst gegen Morgen zurückkehrten, nutzte er mit Lust, um Rezepte auszuprobieren. Von seinem Taschengeld hatte er sich heimlich, als seine Eltern und Jette schliefen, ein Kochbuch der Menschen gekauft. In ihm schmökerte er dann nach Lust und Laune herum, besorgte sich die nötigen Zutaten und kochte, briet, backte und dünstete. Das tat er für sein Leben gern. Noch lieber kostete und aß er. Inzwischen hatte er auch andere Gemüse entdeckt und schätzen gelernt, zum Beispiel Weißkohl und Möhren, Sellerie und Erbsen. Und er probierte all das Gemüse, das es in Menschenläden zu kaufen gab. Bald genügte es ihm nicht mehr, Rezepte aus dem Kochbuch nachzukochen. Er dachte sich eigene Rezepte aus.
Am nächsten Morgen bekam er dann allerdings immer Ärger.
»Wie ekelhaft es in der Küche wieder stinkt!«, jammerte Jule.
»Nicht nur in der Küche«, petzte Jette. »Geht mal in sein Zimmer. Dort stinkt es noch mehr. Wetten, dass er dort Vorräte angelegt hat: Rettiche, Rote Rüben, Kohl. Damit er unter der Bettdecke knabbern kann!«

Basil sagte nichts, denn es stimmte, was sie vermutete. Drei Rettiche dufteten unter seiner Matratze, vier Zwiebeln befanden sich oben auf dem Kleiderschrank, versteckt in einer leeren Schuhschachtel, zwei Möhren hatte er zwischen seine saubere Unterwäsche im Schrank geschoben und aus seinen Gummistiefeln stieg ein etwas säuerlicher Geruch nach Weißkohl.

»Wetten, du hast auch wieder allerlei Süßes fabriziert und gemampft ...!«, schimpfte Jarmil.

»Ja«, sagte Basil ruhig. »Marzipankugeln. Das Rezept hab ich von Olga. Das hab ich ihr abgeguckt. Wie heißt Olga übrigens mit Nachnamen?«

Jule zuckte stumm mit den Schultern, obwohl sie es wusste. Denn sie war eifersüchtig auf Olga.

Jette wusste nichts von dieser Eifersucht. »Olga?«, rief sie. »Zweimal zischen, zweimal spucken: Szeffczik!«

»Danke«, sagte Basil. Es hätte nicht viel gefehlt und er wäre ihr um den Hals gefallen.

»Ab sofort ist mit deiner Kocherei Schluss!«, bestimmte Jarmil. »Koch ist kein Beruf für meinen Sohn. Finde dich damit ab, dass du mal Schweinezüchter wirst!«

Am nächsten Morgen, kaum dass seine Eltern und Jette zu Bett gegangen waren, schlich Basil aus dem Haus und wanderte durch dichtes Menschengewühl über die Karlsbrücke und über den Altstädter Ring bis hinter den Hauptbahnhof. Die Seifertstraße fand er ohne Schwierigkeiten. Hier war er mit Olga oft spazieren gegangen. Und schon von weitem erkannte er das Haus, in dem sie mal gewohnt hatten.

Er überlegte: Hatte Olga nicht irgendwo ganz in der Nähe gewohnt? Aber wo?

Er wollte gerade die Läden abklappern und nach Olga Szeffczik fragen, da entdeckte er ein Gesicht, das ihm nicht fremd war. Es gehörte Emma, dem früheren Dienstmädchen der Grusels, das nicht mit auf die Kleinseite hatte ziehen wollen. Sie stand über die Früchte des Obst- und Gemüseladens an der Ecke gebeugt.

»Emma!«, rief er und rannte auf sie zu.

Sie freute sich Basil wiederzusehen. Aber was Olga betraf, konnte sie ihm auch nicht weiterhelfen: Olga war umgezogen und nicht einmal Emma wusste, wohin. Sie hob die Schultern: »Tut mir Leid. Ich wüsste selbst gern, wo sie ist. Dass sie sich von dir trennen musste, hat sie nur schwer verkraftet. Du bist immer ihr Liebling gewesen …«

Am frühen Nachmittag war Basil wieder daheim, schlüpfte leise ins Haus und kroch in sein Bett. Niemand hatte etwas gemerkt.

»Ich finde dich schon noch, Olga«, flüsterte er, bevor er in einen tiefen Schlaf fiel.

Blöde Schule!

Wirklich, Basil hätte allen Grund gehabt, traurig zu werden, düstere Blicke zu werfen und abzumagern. Aber nichts dergleichen! Er hatte ja von klein auf gelernt, anders zu sein als die anderen. Und jetzt konnte er's. Er war gelernter Außenseiter. Er grinste, wenn ihn seine Eltern ausschimpften. Er lachte, wenn ihn die anderen Schüler hänselten. Er nahm sogar noch ein bisschen zu – so, dass sich in seinen roten Backen Grübchen bildeten. Die standen ihm gut. Oft blieben Juden, Tschechen oder Deutsche stehen, wenn sie ihm begegneten, und sagten zueinander: »Seht doch, was für ein hübsches Kind!«

Aber für Vampire sind Grübchen das Allerhässlichste, was man sich denken kann.

Außerdem war Basil ein schlechter Schüler. Seine Vampirschulzeugnisse sahen schlimm aus. Wohl war er gut in den Nebenfächern wie Mathe, Schreiben und Lesen. Aber das war ja etwas, was alle Kinder lernen mussten, egal ob sie Menschen oder Vampire waren. Basil sah ein: Rechnen, Schreiben und Lesen war notwendig fürs Leben. Rechnen musste er können, um einzukaufen und die Zutaten richtig zu berechnen. Und wenn er Kochbücher studieren und seine liebe gute Olga Szeffczik wiederfinden wollte, musste er gut sein im Lesen und Schreiben.

Wozu aber sollte er sich mit den typischen Vampirfächern abquälen?
»Grusel!«, rief ihn der Zahnkunde-Lehrer auf. »Wie viele Schritte gehören zu einer vorbildlichen Pflege der Vampir-Eckzähne?«
Basil stand auf und sah den Lehrer verschlafen an. Er hatte Mühe, nicht zu gähnen. Denn in der Vampirschlafzeit war er ja mit den Menschenkindern unterwegs. Er hatte fast jeden Tag ein paar Stunden zu wenig Schlaf. Oft, wenn er aus der Schule kam, fiel er auf sein Bett und schlief, bis es hell wurde.
»So viele Schritte, wie einer braucht, um die Zahnbürste und die Zahnpasta zu erreichen«, antwortete Basil.
Die ganze Klasse johlte.
»Setzen!«, befahl der Lehrer. »Kaltengruft, nenne ihm die Schritte!«
Die kleine, bläulich blasse Zittrina Kaltengruft sprang auf und piepste: »Schritt eins: Eckzähne ausklappen. Schritt zwei: ein etwa zwei Zentimeter langes Stück VAMPIRIA-Pasta aus der Tube auf die Zahnbürste drücken. Schritt drei: die Eckzähne je etwa zwei Mi-

nuten damit putzen. Schritt vier: die sauberen Eckzähne wieder umklappen!«

In Blutkunde lernen die Vampirkinder alles, was man über das Blut wissen muss, welche Nährstoffe es enthält und worin sich zum Beispiel das Schweineblut von Hundeblut unterscheidet. Der Blutkundelehrer war ein junger Vampir, den die Schüler mochten. Denn er ließ sich was einfallen, um den Unterricht interessant zu machen. So stellte er einmal eine Reihe von kleinen, gleich aussehenden Gefäßen, gefüllt mit unterschiedlichem Blut, nebeneinander aufs Pult und ließ die Kinder raten, welches Gefäß Katzenblut enthielt. Für jeden Schüler wechselte er blitzschnell den Platz der Gefäße.

Als Basil aufgerufen wurde und an den Gefäßen schnuppern sollte, übergab er sich. Von da ab war er vom Fach Blutkunde befreit.

Eine alte, besonders vertrocknete Vampirin unterrichtete sie in Sauglehre. Sie sprach langsam und leise und mit wenig Abwechslung in der Betonung. Sogar Vampirkinder, die tagsüber immer brav im Bett lagen, hatten bei ihr Mühe, nicht einzuschlafen. Sie hatte keine echten Eckzähne mehr im Mund. Ihre Prothesen funktionierten nicht richtig. Beim Ausklappen ihrer vergilbten Zinken musste sie oft mit den Fingern nachhelfen.

»Grusel!«, rief sie leise.
Basil schlief. Sein Banknachbar stieß ihn mit dem Ellbogen an. Er fuhr hoch.
»Grusel«, sagte die Lehrerin mit einer Falte zwischen den Augen, »welche Körperteile benötigst du zum Besaugen eines Rotblüters?«
»Die Eckzähne!«, flüsterte ihm die kleine Zittrina Kaltengruft, die vor ihm saß, mitleidig zu.
»Keine«, antwortete Basil. »Denn ich mag kein Blut.«
Nur der Gedanke an Blut bewirkte schon, dass er würgen musste.
Die Lehrerin machte eine Handbewegung, die bedeuten sollte: Alle Mühe zwecklos. Er bekam in Sauglehre im Zeugnis die Note UNGENÜGEND.

Auch in Vampirgeschichte machte Basil kaum mit. Die interessierte ihn nicht. Als er in der Klassenarbeit das Thema bekam: »Die Flucht der Vampire aus ihrer Heimat Transsilvanien«, schrieb er keinen einzigen Ortsnamen und keine einzige Jahreszahl, sondern gab stattdessen, als es zur Pause schellte, stolz ein Gedicht ab:

Ausweisung der Vampire aus Transsilvanien

Blankes Entsetzen!
Hasten und Hetzen,
tränende Mienen
zwischen Ruinen.
Ein Schrei in den Ohren:
»Alles verloren!«
Heimatvertrieben –
nur Gräber blieben.

Dafür bekam er gar keine Note. Auch in diesem Fach hatte er selten etwas Besseres als MANGELHAFT zu bieten.

Am wenigsten mochte er das Hauptfach Vampirsport. Seit Beginn seiner Schulzeit sollte er in diesem Fach Fertigkeiten lernen, die angeblich für Vampire lebensnotwendig waren. Zum Beispiel Anschleichen, An-Fassaden-Hochklettern, Durch-Dachluken-Einsteigen oder Blitzschnell-sich-auf-sein-Opfer-Stürzen.

»Los, Grusel, in die Hocke!«, rief derselbe Lehrer, der auch Blutkunde unterrichtete. »Und dann mit einem Sprung von hinten an die Halsschlagader des Beutetiers!«

Basil ging nicht in die Hocke. Er wusste, dass er für solche Übungen viel zu rundlich und deshalb nicht fix genug war.

»Aus dem Stand geht das nicht«, sagte der Lehrer geduldig. »Stell dir doch mal eine Hirschkuh vor, die du besaugen willst!«

»Ich will keine Hirschkuh besaugen«, wandte Basil ein. »Ich will gar niemanden besaugen.«

»Aber im Sport wird so was verlangt«, gab der Lehrer zu bedenken. »Da musst du wenigstens so tun als ob. Wenn du keine Hirschkuh magst, kannst du dir ja ein anderes Beutetier vorstellen.«

Basil nickte: »Eine Maus. Aber wenn ich die aus der Hocke anspringe mit dem Ziel Halsschlagader, knall ich mit dem Gesicht auf den Boden und breche mir die Eckzähne ab.«

Da platzte dem Lehrer der Kragen. Er ließ ihn die ganze Stunde auf dem Boden der Turnhalle Anschleichen üben und gab ihm ein UNGENÜGEND. Das

konnte Basil für seine Zeugnisnote nur dadurch in ein AUSREICHEND verwandeln, dass er es zu bescheidenen Erfolgen im Fassadenklettern brachte.
»An Fassaden hochklettern«, meinte er, »kann auch Nichtvampiren nützlich sein – wozu auch immer.«

Basils Geheimnis

Nach und nach wollte kein Vampirkind mehr etwas mit Basil zu tun haben.

Das störte ihn nicht weiter. Er spielte eben mit den Menschenkindern. Die mochten ihn, weil er immer so gute Laune hatte. Und wegen seiner Einfälle.

Es war seine Idee gewesen, zu Karneval den Heiligenfiguren auf der Karlsbrücke komische Hüte aufzusetzen oder Kopftücher umzubinden. Er führte die Streifzüge rund um die Burg und in die Altstadt auf der anderen Flussseite an. Er baute mit Menschenjungen Baumhäuser auf den alten Erlen am Moldau-Ufer. Dort machte er auch manchmal für seine Spielkameraden ein Lagerfeuer und kochte Eintopf oder briet Kartoffeln in der Glut. Wenn er auf den Spielplatz kam, riefen sie ihm schon entgegen: »Basil, komm hierher!« – »Nein, hierher!«

Sie wunderten sich zwar ein bisschen über seine schwarzen Pullis und Hosen und über seine langen, spitzen Eckzähne, die er manchmal ausklappte, um den anderen einen kleinen Schrecken einzujagen.

Aber beim Spielen vergaßen sie die dunklen Kleider. Auch die langen Zähne waren nicht im Weg. Und schließlich gibt's ja auch Menschenkinder mit schwarzer Kleidung. Und mit Hasenzähnen oder Schielaugen, abstehenden Ohren oder O-Beinen. Irgendeinen Schönheitsfehler hat jeder, dachten sie, und wenn's auch nur ein linsengroßes Muttermal hinter dem Ohr ist. Hauptsache: Sie kamen gut miteinander aus und hatten zusammen Spaß.
Und darin waren sich alle einig: Mit Basil ließ sich gut auskommen.

Basils Eltern waren darüber, dass er so viele Nichtvampir-Freunde hatte, ziemlich bestürzt. Sie hatten ihm den Umgang mit Menschenkindern ja schon früher untersagt. Aber er hielt sich nicht an dieses Verbot. Er traf sie doch. In einer Gasse hatte er ein leer stehendes Haus entdeckt, in dem noch ein alter Herd stand. Dort verbrachte er jede freie Minute. Alles Essbare, was er auftreiben konnte, rührte er dort zusammen und kochte, dünstete oder briet es. Sein eigenes Kochbuch hatte er schon längst durchprobiert. Nun schrieb er viele Rezepte aus den Kochbüchern der Rachel Iglauer ab, die ihn sehr mochte und seinen Eltern nichts von seinen Geheimnissen verriet. Manchmal lud er seine besten Freunde heimlich zum Essen ein. Sie hielten dicht, auf sie konnte er sich verlassen.

Jarmil und Jule ahnten nichts von Basils Hobby und seiner kleinen Küche. Das war sein Geheimnis und darüber war er froh. So konnte er ungestört das tun, was er so gern tat: unvampirisches Essen zubereiten und es mit Genuss verspeisen.
An seinem zehnten Geburtstag brachte der Briefträger ein Päckchen. Basil öffnete ihm die Tür, denn er war der Einzige der Familie, der bei Tageslicht wach war. Das Päckchen trug keinen Absender und war an ihn adressiert! Eilig verzog er sich in sein Zimmer und schnürte es auf.
Eine grüne Hose und ein buntes Hemd quollen ihm entgegen. Er hob die Kleidungsstücke hoch und betrachtete sie. Genau seine Größe! Er dachte nach. Wer konnte ihm so bunte Menschenkleider geschickt haben? Das konnte nur Olga gewesen sein. Ja, Olga! Ach, die gute Olga, sie dachte noch an ihn!
Er zog die schwarzen Kleider aus und die bunten an. Von nun an lief er tagsüber in den bunten Sachen herum. Nur nachts, wenn er in die Vampirschule ging, trug er Schwarz.
Seine Eltern merkten nichts, denn sie sahen Basil ja fast gar nicht mehr. Kamen sie heim, hatte er sich schon ins Bett verzogen. Kaum gingen sie zu Bett, stand er heimlich auf und schlich davon. Immer war er aber wieder rechtzeitig in seinem Bett, bevor sie aufstanden, um zur Arbeit zu gehen. Sonntags trug er für sie Schwarz.

Und Jette? Die hätte natürlich sofort spitzgekriegt, dass er in bunten Kleidern herumlief. Aber sie war nicht mehr da. Sie wohnte jetzt in Wien bei entfernten Verwandten und studierte Zahnmedizin.

Basil blieb im sechsten Schuljahr sitzen. Als ihn seine Mitschüler deswegen hänselten, grinste er nur, dachte an seine heimlichen Leistungen in der Küche und sagte: »Also ich finde die Schule nicht so wichtig. In zehn Jahren interessiert es niemanden mehr, was für eine Note ich in Blutkunde und Vampirgeschichte hatte. Ich werde auch so durchs Leben kommen ...«

Die Vampirkinder verstummten verblüfft und begegneten ihm für den Rest dieses Tages nur noch mit verstörten Blicken aus ihren Traueraugen. Aber kaum daheim, erzählten sie ihren Eltern brühwarm, was Basil gesagt hatte.

Die Eltern schüttelten befremdet die Köpfe.

Ein Vampirvater beschloss Basils Eltern darüber aufzuklären, was sich ihr Sohn für eine Meinung über seine Schule erlaubte. Als Vater Grusel davon erfuhr, gab er Basil ein paar Ohrfeigen, die noch in der Nacht danach brannten.

Jule jammerte: »Womit haben wir das verdient?«

Jarmil schimpfte: »Du wirst uns noch unseren guten Ruf verderben!«

In der Tat: Einige Vampirfamilien hatten sich wegen dem schlechten Einfluss Basils auf ihre Kinder bereits entschlossen künftig ihr Schweineblut nicht mehr aus der Schweinezüchterei Grusel, sondern aus dem Zuchtbetrieb Fahl in dem Prager Vorort Bubenec zu beziehen.

»Jetzt wird's ernst«, seufzte Jarmil. »Jetzt geht's ums Geschäft.«

Der Schock

Aber das Schlimmste kam erst, als Basil vierzehn Jahre alt wurde. Wie alle Jungen dieses Alters bekam er eine tiefe Stimme und begann nach den Mädchen zu schielen.
Sobald junge Vampire sich für Mädchen interessieren, fangen sie auch an aus Menschen oder Tieren lustvoll Blut zu saugen. Deshalb beobachteten Basils Eltern ihren Sohn jetzt besonders aufmerksam in der Hoffnung, dass sich in ihm während des Übergangs zum Erwachsenenalter vielleicht doch noch Lust aufs Saugen entwickeln würde. Dann wäre sein seltsames Aussehen, wären seine Vorlieben und Abneigungen nur vorübergehend gewesen, sozusagen Kinderkrankheiten!

Jarmil und Jule spazierten mit ihm über die Karlsbrücke hinüber in die Prager Altstadt, wo es viele Hunde gibt, und hofften den Jungen mit dem Blick auf einen Terrier oder Mops blutlüstern zu machen. Oma Grusel kaufte eine kleine Katze und brachte sie in einer zugeschnürten Schachtel.

»Eine Überraschung!«, säuselte sie. Basil schnürte die Schachtel auf. Wie eine Wahnsinnige schnellte das arme, verstörte Tier aus dem Karton und verkroch sich unter einem Schrank.

»Was soll das?«, fragte Basil, schüttelte den Kopf und verzog sich in sein Zimmer. Und sobald Oma das Haus verlassen hatte, verhalf er der armen Katze zur Flucht.

Jule wollte ihn – natürlich nicht ohne Hintergedanken – dazu bewegen, sich die jüngsten Ferkel im Betrieb anzuschauen. Sie sahen so appetitlich aus! Aber Basil hatte keine Lust, Ferkel anzugucken – wozu? Es machte ihm viel mehr Spaß, in seiner Küche in dem leeren Haus zu werkeln und immer Neues auszuprobieren. Zum Beispiel Obst – und Nüsse! – und Honig!

Inzwischen war er durch seine heimlichen Küchenexperimente und mit Hilfe eines dicken vegetarischen Kochbuchs ein guter Koch geworden. Das Kochbuch, das ihm jemand mit der Post zugeschickt hatte, der ihn mochte und einen Namen trug, der mit O anfing, war voll von Genüssen, die darauf warteten, von ihm entdeckt zu werden. Was er an Zutaten brauchte, kaufte er jetzt in einem besonderen Delikatessen-Laden, der den Prager Menschenkunden neben hier üblichen Lebensmitteln auch exotische Artikel wie Oliven, Paranüsse, Rohrzucker, Kokosraspeln und indische Gewürze anbot. Manches brachten ihm auch seine Freunde, die dann zum Verzehr der Köstlichkeiten, die Basil daraus zauberte, eingeladen wurden. Waren teure Zutaten nötig, musste er eine Weile sein Taschengeld zurücklegen, bis er sie sich leisten konnte.

Dann kam der November, für Vampire der schönste Monat des Jahres. Die ganze Familie Grusel spazierte an einem nebligen Sonntagabend durch den Prager Baumgarten, der an so schönen finsteren Abenden von vielen Vampiren aufgesucht wurde. Dort traf man sich und seufzte einander an mit traurigen Augen, Stirnfalten, Tränensäcken und hängen-

den Mundwinkeln. Die jungen Vampirinnen drehten ihre Schirme und schielten nach den jungen Vampiren, die ab und zu lässig ihre Eckzähne ausklappten, um die Damen zu beeindrucken.
Die alten Vampire ließen sich auf den Bänken nieder, grüßten Bekannte, trafen Freunde und erzählten sich traurig den neuesten Tratsch. Aber auch ein paar Menschen wanderten durch den Park, vornübergebeugt, die Hände auf dem Rücken, erfüllt von Sorgen und trüben Gedanken, wie das im November eben so ist. Gerieten sie in den Lichtkreis einer Laterne, warfen sie lange Schatten.

Basil trug einen grauen Umhang, den ihm seine Mutter geschenkt hatte. Unter den weiten Falten sah man die runden Formen des Jungen nicht so genau. Er gähnte, während seine Eltern ab und zu stehen blieben und mit Bekannten ein paar Worte wechselten.
Jette war auch dabei. Sie war für ein paar Tage heim-

gekommen, um sich von dem anstrengenden Studium zu erholen und sonntags mit den Eltern durch den Baumgarten zu spazieren. Denn in Wien gab es nicht so viele junge Vampire wie auf der Prager Kleinseite. Außerdem war der Uhrmachergeselle Hades Gräulich inzwischen Meister geworden – und noch immer nicht verheiratet. Und im November ließ es sich im Baumgarten so schön flirten.

Jette langweilte sich also nicht.

Aber Basil! Für ihn war dieser Spaziergang entsetzlich. Er fand alle Vampirmädchen hässlich und alle Vampirjungen blöd und die Erwachsenen hässlich und blöd. Um die Zeit wenigstens sinnvoll auszufüllen, gab er sich ganz dem Traum hin, Koch eines vegetarischen Restaurants zu sein. Er dachte sich neue Rezepte aus, mit denen er seine Gäste verwöhnen würde.

»Du musst die Leute grüßen!«, flüsterte ihm seine Mutter zu. »Sonst kommen sie nicht mehr in unser Geschäft.«

»Stör mich nicht«, antwortete er. »Ich träume.«

Der Prager Baumgarten ist groß und unübersichtlich. Die beiden Gendarmen, die dort ihre Runden drehen, können unmöglich alles im Auge haben, was sich darin abspielt. Und so entging ihnen zum Glück, was plötzlich geschah.

Die Grusels kamen an einer Bank vorbei. Auf der saß unter einer trüben Laterne ein blasses, pummeliges

Menschenmädchen, ein oder zwei Jahre jünger als Basil. Es hatte verweinte Augen, denn es dachte voller Angst an die Mathearbeit, die es am nächsten Morgen schreiben sollte. Es konnte sich schon denken, was das wieder für eine Note werden würde: MANGELHAFT oder UNGENÜGEND. Das hieß, es würde wahrscheinlich sitzen bleiben. Wo doch sein Vater so streng war!

Kurz: Dieses Mädchen fand das Leben schrecklich und wünschte sich, es wäre tot. Es spielte mit dem Gedanken, sich das Leben zu nehmen, nur wusste es nicht, wie.

Da geriet Basil in Bewegung. Seine Nasenflügel bebten, seine Augen wurden schmal, er begann zu schwitzen. Und noch bevor seine Eltern und Jette begriffen, was sich da anbahnte, rannte er auf das Mädchen zu, das nicht wusste, wie ihm geschah. Er umarmte es stürmisch, klappte die Eckzähne aus und schlug sie ihm in den Hals. Dem Mädchen blieb kaum Zeit, einen erschrockenen kleinen Schrei auszustoßen. Erst zappelte es noch ein bisschen, dann schloss es die Augen und hielt ganz still.

Ach, wie glücklich waren da Basils Eltern: Endlich hatte der Junge zugebissen! Endlich benahm er sich wie ein richtiger Vampir! Endlich war er aufgewacht und hatte sich besonnen auf das, was wichtig war für seinesgleichen!
»O Basil, Basil, liebes Kind, unser Herzensblutjunge!«, stammelte Jule und wollte ihn glückselig in die Arme schließen. Aber Jarmil hielt sie zurück.
»Warte«, raunte er ihr zu. »Wir wollen ihn doch bei dieser lustvollen Beschäftigung nicht stören, nicht wahr? Sobald er satt ist und von ihr ablässt, kannst du ihn nach Herzenslust drücken.«
Sie lehnten sich aneinander, schauten ihrem Sohn zufrieden zu und sahen die Zukunft in den schönsten Farben, nämlich schwarz und fledermausgrau.

Sie irrten sich gründlich. Das erkannten sie schon nach den ersten vier glücklichen Minuten. Denn zu ihrem Schrecken wurde das Menschenmädchen, an dessen Hals er hing, nicht noch blasser, als es schon vorher gewesen war – so bleich, wie man eben wird, wenn man viel Blut verliert –, nein, ganz im Gegenteil: Seine Wangen röteten sich. Dabei lächelte es selig.
Als Basil von der Kleinen abließ, sprang sie auf, machte einen Handstand, schlug ein Rad, jubelte: »Juhu – morgen schreib ich mindestens 'ne Drei!«, und rannte davon, dass das Laub auf dem Weg nur so aufwirbelte.
Basil aber sah zum ersten Mal in seinem Leben blass aus, hatte dunkle Ränder unter den Augen und verlangte heftig nach Spinat.
Da wurde den armen Eltern klar, dass ihr Sohn nicht Blut gesaugt, sondern – gespendet hatte! Er war also – o Entsetzen! – ein Antivampir! Das ist für Vampire etwas noch viel Schlimmeres als kein Vampir zu sein. Ähnlich schlimm wie für Menschen ein Menschenfresser.
Und so kam's, dass die Grusels nach einer durchgrübelten Nacht und einem tränenreichen Tag zusammen mit allen Verwandten – außer den Karpatengroßeltern – in einem großen Familienrat beschlossen, nichts mehr mit diesem abartigen Sohn zu tun haben zu wollen. Vor allem Jette war darauf aus, ihren Bruder loszuwerden.

»Mit dem in der Verwandtschaft heiratet mich keiner«, sagte sie zu Jule.

Basils Wangen waren noch schlaff und blass und seine Grübchen waren weg, als sie ihn feierlich ins Wohnzimmer riefen. Jule schluchzte und heulte. Jarmil vermied es, dem Blick seines Sohnes zu begegnen. Nur Jette sah ihm voller Abscheu ins Gesicht.

»So höre, was wir dir zu sagen haben«, sagte Großvater Grusel mit Grabesstimme zu Basil. »Du hast den Vampiren Schande gemacht. Du hast unserer Familie viele Unannehmlichkeiten bereitet und würdest uns in noch viel größere Schwierigkeiten bringen, wenn du weiterhin in unserer Mitte bliebest. Denn der Betrieb deines Vaters steht kurz vor dem Ruin, er verliert einen Kunden nach dem anderen. Wegen dir.

Du passt nicht zu uns. Von nun an bist du nicht mehr unser Sohn und Bruder, auch nicht mehr unser Enkel. Wir kennen dich nicht mehr. Geh, wohin du willst. Möglichst weit weg. So weit, dass wir hoffentlich nie wieder etwas von dir hören.«

Sie übergaben ihm eine großzügig gefüllte Geldbörse, reichten ihm einen Koffer mit dem Nötigsten für eine Reise, schoben ihn aus dem Haus und schlugen die Tür hinter ihm zu.

Auf und davon

Nein, Basil trommelte nicht mit den Fäusten an die Tür seines Elternhauses und flehte nicht: »Lasst mich wieder hinein, biiiitte!« Er bedauerte auch nicht, dass die grüne Hose und das bunte Hemd von Olga in seinem Zimmer zurückblieben. Am Hemd waren längst die Knopflöcher ausgerissen. Die Hose war geplatzt.

Er schob seine Kappe in den Nacken, nahm den Koffer und ging erst mal über die Karlsbrücke hinüber in Richtung Altstadt.

Als er die Brücke betrat, war er noch ziemlich benommen und ratlos. In der Mitte der Brücke, bei der Steinfigur des Nepomuk, blieb er eine Weile stehen, starrte in den Sternenhimmel, schaute den Wellen nach, warf einen Blick zurück auf die Kleinseite und dachte: Eigentlich ist es doch gar nicht so schlimm, mal an die frische Luft zu kommen.

Als er das andere Ende der Brücke erreicht hatte, warf er seine Kappe mit einem Juchzer in die Luft und rief: »Jetzt kann ich endlich so sein, wie ich bin!«

Auf dem Altstädter Ring stand er lange vor dem Rathaus und schaute zur Astronomischen Uhr hinauf, wo sich zu jeder vollen Stunde der Tod mit Sanduhr und Sterbeglöckchen zeigt. Er schaute, bis er alle Einzelheiten gesehen und begriffen hatte. Davon bekam er Hunger.

Weil er ja jetzt tun und lassen konnte, was er wollte, begann er ganz Prag nach einem Restaurant abzusuchen, das vegetarische Gerichte anbot, zum Beispiel Gemüse oder Palatschinken. Aber damals war es nicht einfach, in einem Prager Restaurant ein Gericht ohne Fleisch zu finden. Außerdem war es schon nach Mitternacht. So gut wie alle Restaurants hatten bereits geschlossen, außer auf der Kleinseite im Vampirviertel. Aber dorthin zog es ihn nicht.

Auf seinem Zickzackweg durch die Prager Straßen fand er immer mehr Gefallen an seiner neuen Freiheit. Sie machte ihn richtig taumelig!

Das Leben steht mir nach allen Seiten offen, dachte er. Was mache ich morgen? Hurra, ich fahre einfach in die Welt!

»Noch ein halbes Kind und schon besoffen ...!«,

sagte eine ältere Frau, die ihm begegnete. »Armer Mensch!«
Schließlich fand er in der Nähe des Botanischen Gartens ein Restaurant, das noch geöffnet hatte und auch fleischlose Gerichte anbot. Er bestellte sich einen Erbseneintopf, danach zwei große Palatschinken – und als Nachtisch Kirschkompott. Die Kellnerin schüttelte heimlich den Kopf. Er aß mit großem Appetit und so lange, bis er wieder rote Wangen und Grübchen hatte.
Dann zahlte er, gab der Kellnerin ein reichliches Trinkgeld und flüsterte ihr zu: »Ich hab was vor: Ich fahre weit weg, übers Meer. Dafür hab ich mir eben Kraft angegessen.«
»Für eine Reise übers Meer braucht man viel Geld, mein Junge«, flüsterte sie zurück. »Du wirst dich nur hinters Meer träumen können.«
»Geld hab ich«, sagte Basil. »Aber eine Adresse brauch ich noch, bevor ich abreise. Die von Olga Szeffczik.«
»Ist sie deine Freundin?«, fragte sie heiter.
Er nickte und fragte hastig: »Kennst du sie zufällig?«
»Olgas gibt es viele«, sagte sie. »Unsere Köchin heißt auch Olga. Ihren Nachnamen kenne ich nicht. Aber die ist ganz bestimmt nicht deine Freundin!«
Sie riet ihm, auf dem Einwohnermeldeamt nach ihr zu fragen. Im Rathaus. Wo das war, wusste er.

Den Rest der Nacht verbrachte er auf den Stufen vor dem Rathaus.
Kaum wurde am Morgen das Portal geöffnet, stürzte er hinein. Eine halbe Stunde später war er schon mit einem Zettel unterwegs, auf dem Olgas Adresse stand. Sie wohnte jetzt ganz im Osten der Stadt, er musste lange laufen. Wenn er nach dem Weg fragte, gaben ihm die Leute freundlich Auskunft. Niemand kam auf den Gedanken, ihn für einen Vampir zu halten.
Endlich stand er vor Olgas Kellerwohnung und klopfte. Die Tür ging auf und sie lagen sich in den Armen. Sie erzählten einander, wie es ihnen ergangen war, seit sie sich nicht mehr gesehen hatten.
»Warum hast du Emma nicht erzählt, wo du hingezogen bist?«, fragte Basil. »Wenn sie deine Adresse gehabt hätte, wäre ich schon vor Jahren zu dir gekommen.«

»Ich war damals sehr traurig«, erklärte Olga. »Ich wollte keine Fragen beantworten müssen.«

Basil erfuhr, dass Olga als Köchin in der Nachtschicht eines Restaurants arbeitete – in der Nähe des Botanischen Gartens.

»Wir haben rund um die Uhr auf«, sagte sie. »Ich arbeite von sieben Uhr abends bis sieben Uhr morgens. Aber du weißt ja – Nachtarbeit macht mir nichts aus. Abends gibt's viel Betrieb. Ab elf wird's ruhig. In der Nacht ist meistens nicht viel zu tun. Heute war nach Mitternacht nur noch ein einziger Gast da. Er hat

aber mindestens für drei gegessen: erst Erbseneintopf, dann zwei große Palatschinken und zum Schluss noch Kirschkompott ...«

Basil brach in Gelächter aus.

»Lass mich mitlachen«, sagte sie.

Bald gab es ein Doppelgelächter. Basil blieb den ganzen Tag bei Olga und schlief sich aus. Sie kochte für ihn und stopfte noch seine Socken und kaufte gegen Abend mit ihm zusammen zwei bunte Hemden, eine dunkelgrüne und eine dunkelblaue Hose, einen gestreiften Badeanzug und noch einen zweiten Koffer. In den packte sie einen ganzen Kuchen, ein paar dicke Butterbrote und saure Gurken.

Als Olga ihre Wohnung verließ, um zur Arbeit zu gehen, machte sich Basil auch auf den Weg. Sie umarmten sich lange, und Olga klopfte ihm auf die Schulter und sagte: »Gib nicht auf. Du wirst die Beine schon auf den Boden kriegen, dort drüben.«

»Und wenn ich so weit bin, kommst du nach«, sagte er. »Abgemacht?«

»Abgemacht!«

Er lief zum Bahnhof, kaufte sich eine Fahrkarte und fuhr noch am selben Abend nach Antwerpen. Dort kam er schlafend an. Wenn diese Stadt nicht die Endstation des Zuges gewesen wäre, hätte er sicher weitergeschlafen. So aber weckte ihn der Schaffner und scheuchte ihn auf den Bahnhof hinaus.

Schon zwei Tage später beugte er sich über die Reling des Passagierdampfers AURORA und übergab sich, grün vor Seekrankheit, in die aufgewühlten Wogen. Eine Woche lang behielt er fast nichts im Magen, nicht einmal den köstlichen Spinat, den es ein einziges Mal während der Reise zu essen gab.

Am achten Tag war endlich Schluss mit dem Gewoge und Geschlingere, der Dampfer schaukelte nicht mehr, sondern zog gelassen durch die Wellen in Richtung Amerika. Basils Magen beruhigte sich. Als die AURORA das Sargassomeer durchquerte, gelang es Basil, Algen und Tang aus dem Meer zu angeln und hochzuziehen. Er aß das Zeug roh. Es erschien ihm immer noch genießbarer als der tägliche Wursteintopf für die Passagiere der dritten Klasse, zu denen er gehörte.

Ein Vampir in New York

Als er in New York mehr tot als lebendig die AURORA verließ und in die City hineinstolperte, hatte er seine Rundlichkeit verloren. Jetzt erinnerte er wirklich an einen Vampir: graue Haut, Tränensäcke unter traurigen Augen, vorgebeugte Schultern, dürre Gestalt. Und er war so schwach, dass er nicht einmal mehr die Kraft besaß, seine Eckzähne zurückzuklappen. Sie schauten ihm aus den Mundwinkeln. Seine Eltern hätten an seinem Äußeren nun ihr Wohlgefallen gehabt und sich mit ihm – so, wie er jetzt aussah – sicher gern in der Öffentlichkeit gezeigt. Aber die Menschen, denen er hier in New York über den Weg lief, bedauerten ihn, so mitleiderregend war sein Anblick.

Allerdings war ihm das Lachen noch nicht vergangen. Und nun, als er wieder festen Boden unter den Füßen hatte und so viel Neuem und Unbekanntem begegnete, prustete er los, dass sich die Leute kopfschüttelnd nach ihm umdrehten.

»He, bist du nicht ein Vampir?«, fragte ein Passant auf Deutsch, trat ihm in den Weg und ließ für einen Augenblick seine langen Eckzähne sehen. »Wo kommst du her?«

Basil lachte ihn an: »Aus Prag.«

»Leben dort lachende Vampire?«

Kaum in der neuen Welt, war er schon wieder aufgefallen.

Ihm machte jedoch zunächst etwas ganz anderes zu schaffen: Er hatte fast kein Geld mehr. Es reichte gerade noch für ein armseliges, verwanztes Kämmerchen in einem billigen Hotel nahe am Hafen und für eine Riesenportion Spinat in einem vegetarischen Restaurant, das den seltsamen Namen CALAHARI trug.

»Was bist denn du für ein komischer Typ?«, fragte ihn der Kellner, als er gerade keine Gäste zu bedienen hatte. Basil zog die Schultern hoch, denn er verstand kein Englisch. Da fragte ihn der Kellner auf Tschechisch, denn er war Tscheche und stammte auch aus Böhmen, nämlich aus Königgrätz.

Diese Sprache war Basil vertraut. Er erzählte munter auf Tschechisch, wer er war und woher er kam. Da umarmte ihn der Kellner gerührt: Noch ein Tscheche in New York!

Basil verriet nicht, dass er einer Vampirfamilie entstammte, aber er ließ den Kellner wissen, dass er kein Fleisch und vor allem kein Blut riechen konnte, dass er ein Gemüse-, insbesondere ein Spinatfan war und dringend Arbeit suchte, weil er kein Geld mehr für den kommenden Tag besaß.

»Ich übernehme jede Arbeit«, sagte er. »Wenn sie mir nur gezeigt wird.«

»Und was hast du gelernt?«, fragte der Kellner.

»Ich kann lesen, schreiben, Lasten schleppen, kehren, an Fassaden hochklettern, anders sein als die anderen, vor allem aber ko…«

»Es langt, es langt«, rief der Keller lachend.

»Und am liebsten würde ich in irgendeiner Küche arbeiten«, fügte Basil hinzu.

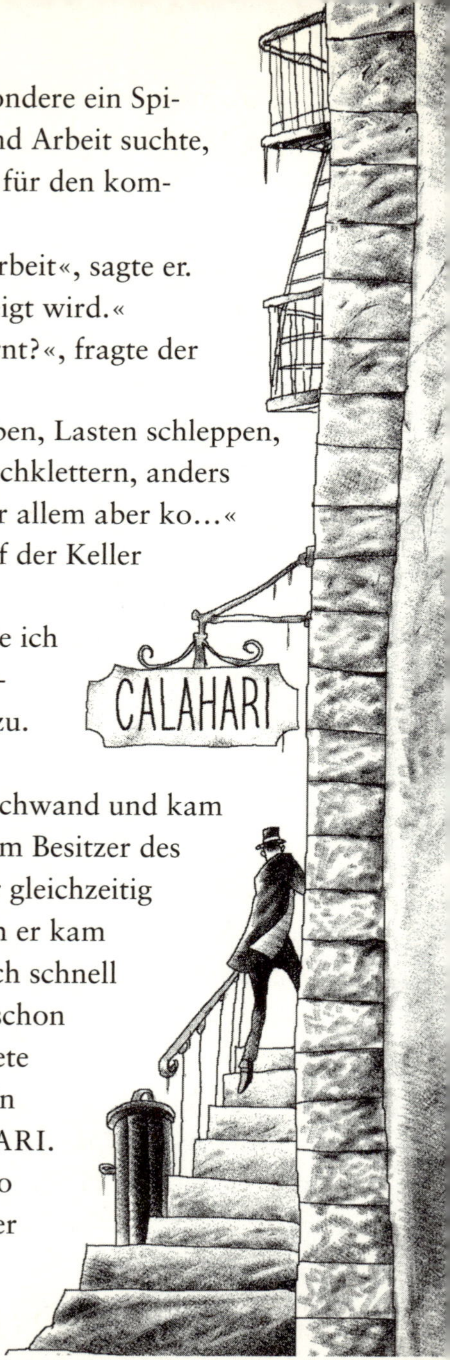

Der Kellner nickte, verschwand und kam nach kurzer Zeit mit dem Besitzer des Restaurants zurück, der gleichzeitig der Chefkoch war. Auch er kam aus Prag. Sie wurden sich schnell auf Jiddisch einig, und schon am nächsten Tag arbeitete Basil als Tellerwäscher in der Küche des CALAHARI. Hier konnte er täglich so viel Gemüse essen, wie er

wollte, und lernte auch Mais und Zucchini, Auberginen und Broccoli kennen und schätzen. Wenn es mal nichts zu waschen oder abzutrocknen gab, schaute er den Köchen aufmerksam über die Schulter und merkte sich, was er sah. Bei so guter Kost wurde er schnell wieder rundlich.
Der Chef bot ihm einen Raum unter dem Restaurant mietfrei als Bleibe an. Aber als Basil den Modergeruch des Kellers in die Nase bekam, schüttelte er heftig den Kopf. Hier roch es wie auf der Prager Kleinseite. In so einen Mief wollte er nicht zurück, das hatte er hinter sich.

Nach ein paar Tagen wusch er nicht mehr die Teller, sondern putzte Gemüse. Und er hörte durch die geöffnete Tür den Gesprächen der Gäste zu und lernte in Windeseile Englisch. Bald konnte er sich mit dem übrigen Personal einigermaßen unterhalten. Nun geschah es schon ab und zu, dass einer der Köche auf Englisch rief: »He, Basil, komm her, du kannst mal übernehmen. Ich möchte ein bisschen an die frische Luft und draußen eine rauchen. Fünf Minuten nur!«
Da ließ Basil alles fallen und lief hin.
Oder der Chefkoch winkte ihm, weil er ab und zu die Küche verlassen musste, um die Gäste zu fragen, ob's ihnen geschmeckt habe.
»Nur fünf Minuten, Basil!«
»Selbstverständlich, Chef!«

Es wurden zehn, es wurden zwanzig Minuten. Aus einer Zigarette wurden zwei und manche Gäste wollten mit dem Küchenchef plaudern. Aber das störte Basil nicht. Im Gegenteil. Er war ja glücklich, wenn er kochen konnte. Darin wurde er immer besser.

Eines Tages kündigte einer der Köche, weil er ein eigenes kleines Restaurant eröffnen wollte. Da wurde ein Platz am Herd frei.

»Na, willst du's mal probieren?«, fragte der Chef. »Schließlich wissen wir, was wir an dir haben. Obwohl du ja erst knapp sechzehn bist ...!«

So wurde Basil Koch. Keiner fragte danach, ob er eine Kochlehre gemacht hatte und ob er ein Kochzeugnis besaß. In Amerika fragt man nicht nach Zeugnissen, sondern danach, was einer kann.

Und wie er konnte! Seine Gerichte kamen bei den Gästen besonders gut an und sprachen sich herum. Bald bestellten viele Gäste »Basils Selleriesalat«, »Basils Blumenkohlschnitzel«, »Basils Butterspinat«.

»Du wirst immer besser«, meinte der Chef. »Du beginnst Geld einzubringen, mein Junge ...«

Da glühten Basils Apfelwangen!

Er war ein unterhaltsamer Typ. Er erzählte Witze, die er auf der Kleinseite gehört und sich gemerkt hatte. Er machte Scherze. Alle in der Küche mussten grinsen, wenn er sich ein paar Schnittlauchhalme als Schnurr-

bart quer zwischen Nase und Oberlippe klemmte. Er war auch ein guter Kumpel. Die Köche, die Küchenmädchen, die Kellner und Gäste mochten ihn. Und es störte auch niemanden, dass er so komisch lange Eckzähne hatte. Die kannte inzwischen jeder in der Küche, weil er manchmal vergaß sie einzuklappen.
Einmal fragte ihn ein Koch: »Du bist doch nicht etwa ein Vampir?«
»Doch«, antwortete Basil ganz ernst, dann zögernd: »Eigentlich doch nicht, wenn man's bedenkt.« Und mit schelmischen Grübchen setzte er hinzu: »Aber beißen kann ich!«
Er erntete schallendes Gelächter, das die Teller auf den Tischen klirren ließ.
»Beiß mich!«, rief das hübscheste Küchenmädchen und hielt ihm ihren Hals hin.
»Keine Lust«, sagte Basil und wandte sich ab.
Sie gab nicht auf. Sie fand ihn so nett, dass sie auch nach Arbeitsschluss mit ihm zusammen sein wollte. Aber er mochte es nicht, wenn jemand über seine Freizeit bestimmen wollte. Die wollte er für sich allein haben. Denn da streifte er durch die riesengroße Stadt und schaute nach Menschen aus, die blass, elend und traurig waren.
Entdeckte er solche Typen, überkam ihn ein unbändiges Verlangen, sie zu umarmen und seine Zähne in ihren Hals zu schlagen.
Er tat es. Im ersten Augenblick zappelten sie noch ein

bisschen, vor allem, wenn sie die beiden Stiche spürten. Meistens waren das ja Leute, die nicht gewohnt waren umarmt zu werden. Aber sobald sie das frische Blut in den Adern spürten, das so schön warm durch ihre Körper pulste, lächelten sie glücklich, hielten still und genossen das überaus angenehme Gefühl.

Er überfiel und biss ganz unterschiedliche Leute: Mal war es ein einsamer alter Mann, der die Lust am Leben verloren hatte. Mal ein schüchternes Kind, das allein am Rand eines Sandkastens stand

und den spielenden Kindern sehnsüchtig zuschaute. Mal ein pickeliges Mädchen, das sich entsetzlich hässlich fand. Mal ein Arbeitsloser, der nicht wusste, wie er seine Kinder satt bekommen sollte. Mal eine Frau, die schon ein paar Kin-

der hatte und wieder eins erwartete und sich nicht zutraute mit der vielen Arbeit und den Sorgen fertig zu werden.
Basil strahlte über sein rundes Gesicht, wenn danach der Opa pfeifend und mit geradem Rücken davonschritt. Wenn das schüchterne Kind sich zu den anderen Kindern kauerte und mitspielte. Wenn das pickelige Mädchen einen Spiegel aus ihrem Täschchen zog und sich anlächelte. Wenn sich der Arbeitslose von der Parkbank erhob und wieder hoffnungsvoll auf Jobsuche ging. Wenn die Mutter von fünf Kindern auf einmal so aussah, als freute sie sich auf ihr sechstes und als dächte sie: Irgendwie werd ich's schon packen.

Aber die Blutspenderei war anstrengend. Mehr als eine pro Woche schaffte er aus gesundheitlichen Gründen nicht. Nach jedem Mal musste er ja Berge von Obst und Gemüse essen, um wieder rote Backen zu bekommen. Vor allem Spinat. Und er aß von Mal zu mal mehr. Oft war keiner mehr für die Gäste da, obwohl dieses Restaurant gerade für seinen köstlichen Spinat berühmt war!
Dem Besitzer des CALAHARI, dem Küchenchef, wurde das allmählich zu viel. Und auch zu unheimlich. Nach vier Jahren überlegte er sich schweren Herzens, ob er Basil entlassen sollte. Andererseits war dieser junge Mann beliebt. Und er konnte hervorragend kochen!

Zu seiner Erleichterung löste sich das Problem anders. Basil kündigte! In aller Freundschaft. Nein, er hatte an seiner Arbeitsstelle nichts zu bemäkeln. Er fühlte sich in der CALAHARI-Küche wohl, alle waren nett zu ihm, die Arbeit machte ihm Spaß und wurde gut bezahlt, und er konnte nach Lust und Laune essen, was ihm schmeckte.

Aber jetzt war er zwanzig Jahre alt, New York hatte ihm nicht mehr viel Neues zu bieten und er hatte ein ansehnliches Sümmchen Geld zusammengespart. Jetzt konnte er es wagen, sich selbstständig zu machen.

Basils Bäckchen

Basil reiste in der billigsten Klasse der Eisenbahn hinaus aufs Land. Das war damals, vor etwa hundertzwanzig Jahren, noch eine abenteuerliche und mit Unannehmlichkeiten verbundene Unternehmung. In Basils Waggon gab es nur harte Holzsitze. Aus dem Schornstein der Lokomotive quoll dicker Rauch, und wer sich aus einem der Waggonfenster lehnte, hatte bald rußige Nasenlöcher. Aber Basil war jung und unternehmungslustig und wusste, was er wollte. Am Ende der Fahrt schnäuzte er sich die Nase sauber und zog einen Indianerpfeil, der durch das offene Fenster hereingeflogen war, aus seinem Hut.

Er sah sich viele Häuser an, die zum Verkauf angeboten wurden. Schließlich fand er im Städtchen Flat Cake, Ohio, am Ufer des Ohio-Flusses, was er suchte: ein hübsch gelegenes Haus unter hohen Bäumen, in dem bisher ein Restaurant betrieben worden war. Aber das hatte Pleite gemacht. Im oberen Stockwerk befand sich eine große Wohnung. Das Haus wurde zu einem günstigen Preis angeboten, denn der Besitzer

brauchte das Geld möglichst bald, um seine Schulden bezahlen zu können.
Basil kaufte es, richtete darin sein eigenes Restaurant ein und nannte es BASILS BÄCKCHEN. Dieser Name gefiel ihm über alle Maßen gut. Er stellte einen Kellner, eine Kellnerin und zwei Küchenmädchen ein. Der Koch war er selber. Ein Farmer, dessen Felder gleich hinter den hohen Bäumen lagen, lieferte ihm Spinat, Möhren, Bohnen, Tomaten, Blumenkohl, Mais und was Basil sonst noch an Gemüse benötigte: alles frisch geerntet.

Basil brauchte aber noch einen zweiten Koch. Oder eine Köchin. Die hatte er auch schon. Aber sie war noch in Prag. Die gute dicke Olga. Er schickte ihr einen Einschreibebrief mit dem Geld für die Überfahrt und sie kam wie abgemacht. Er holte sie in New York ab und sie fielen sich in die Arme.

Olga wurde die Chefköchin in BASILS BÄCKCHEN. Sie lernte schnell Englisch und konnte bald alles, was in der Küche gebraucht wurde, allein einkaufen.
Nicht nur aus dem Städtchen, sondern aus der ganzen Umgebung kamen Leute, die Olgas und Basils hervorragende Spinataufläufe und Spinattaschen, die wunderbaren Möhrentorten und Gemüsebratlinge oder einen der berühmten Rote-Rüben-Salate probieren

wollten. Und jeden Mittwoch war Palatschinkentag.
Diese feinen Gerichte waren nicht billig, aber so schmackhaft, dass die Gäste ordentlich zugriffen. Sie verließen BASILS BÄCKCHEN gut gelaunt, weil Basil und Olga immer freundlich und heiter waren, und empfahlen dieses kleine, feine Restaurant allen ihren Freunden und Bekannten: »Da müsst ihr unbedingt mal hin! Unglaublich, was dieser Basil Grusel und seine Chefköchin aus Gemüsen zaubern können …«

Montag war Ruhetag. Da fuhr Basil manchmal in seiner kleinen Kutsche fort – an jedem Montag in eine andere Richtung.
Die Leute in Flat Cake rätselten herum, wohin er fuhr und was er dort tat.
Na, was wohl? Ja, genau: Noch immer verbrachte er seine Freizeit am liebsten damit, nach traurigen Zeitgenossen auszuspähen, sie zu umarmen, zu beißen und ihren Körper mit seinem Blut zu erwärmen. Vor allem ihr Herz. Dafür nahm er nichts. Das machte er gratis. Ehrensache!
Das mit dem Blutspenden hielt er absolut geheim. Nicht einmal Olga wusste, wohin er fuhr. Sie, die er doch sonst in alle seine Geheimnisse einweihte!
Sie kannte das Geheimrezept der Gemüsebratlinge und vieler anderer Speisen in BASILS BÄCKCHEN. Sie wusste immer, wie viele Dollars in der Kasse des

Restaurants waren. Und sie wusste auch, dass Basil manchmal zu dem Gemüsefarmer hinüberschlenderte, um mit dessen Tochter Lissy zu plaudern. Die hatte ganz lange, aufwärts gebogene Wimpern und lackierte Fingernägel und nahm Gesangstunden.

Olga wusste sogar, dass Basil schnarchte. Denn sie bewohnte mit ihm zusammen – so als wäre sie seine Mutter – die Räume im oberen Stock des Hauses. Sie kümmerte sich darum, dass die Wohnung immer sauber war und die Wäsche gewaschen und gebügelt wurde. Sie goss die Blumen und berichtete Basil, was in der Zeitung stand. Immer vor Weihnachten schrieb sie einen Brief an Emma. Und immer zu Ostern kam Emmas Antwortbrief an.

»Was schreibt sie denn so?«, fragte Basil einmal.

»Es geht ihr gut, sie hat eine neue Stelle und in Prag hat es letzte Woche geschneit«, antwortete Olga.

»Mehr nicht?«

»Sie stellt immer viele Fragen, die ich aber auch nicht alle beantworten kann.«

»Welche zum Beispiel?«, wollte Basil wissen.

»Zum Beispiel die, wann du heiraten willst.«

Einmal – an einem Montag – standen zwei Vampire vor der Tür. Sie waren in der Dämmerung über den Fluss gekommen, aus Charleston in West Virginia, und verbreiteten einen modrigen Geruch. Basil begrüßte sie freundlich und bat sie einzutreten.

»Wir vermuten aufgrund Ihrer großen Eckzähne«, sagte der eine zu Basil, »dass Sie auch ein Vampir sind. Unser Verein würde Sie gern als Mitglied aufnehmen, sofern Sie bereit wären, mit dieser Gemüsekocherei aufzuhören. Falls Sie sich entschließen könnten, vampirische Gerichte in Ihrem Restaurant anzubieten, hätten Sie außerdem mit einem Schlag eine ganze Anzahl neuer Gäste!«
Nein, Basil wollte nicht mit der Gemüsekocherei aufhören. Er sagte nur: »Ich bin ein Antivampir.« Und

schon zuckten sie zurück, flohen hinaus in die Dunkelheit und kamen nie wieder. Olga musste die ganze Nacht lüften, um den Modergeruch aus dem Haus zu kriegen.

»So allmählich wäre es wirklich an der Zeit zu heiraten«, sagte Olga eines Montagabends, als sie vom Balkon aus in die Abendsonne schauten. »Du verdienst doch genug, um eine Familie ernähren zu können.«

Basil hatte durchaus Lust dazu. Aber wen sollte er heiraten? Schwierige Frage. Er war, trotz allem, ein Vampir. Also eine Vampirin? Es gab im ganzen Staat Ohio nur zwei unverheiratete Vampirinnen, beide schon in vorgerücktem Alter und nicht interessiert an einer Heirat.

Basil reiste nach New York. Dort traf er mehrere junge, bleiche Vampirinnen im Heiratsalter. Aber an den traurigen Mienen und hageren Gestalten konnte er keinen Gefallen finden. Ihrerseits fanden sie ihn zu rundlich. Und als er ihnen ehrlich sagte, dass er ein Antivampir war, ließen sie ihn einfach stehen und flüchteten erschrocken.

Aber er war doch nicht ganz umsonst nach New York gekommen. Denn er traf zufällig in der Nähe des Hafens ein Gesicht, das ihm bekannt vorkam. Es gehörte dem pickeligen Menschenmädchen, dem er einmal, im ersten Jahr nach seiner Ankunft in den Staaten,

Blut gespendet hatte. Jetzt hatte sie keine Pickel mehr und war schon längst erwachsen. Immerhin waren ja inzwischen mehrere Jahre vergangen. Sie war etwas jünger als er und hieß, wie er erfuhr, Rosine.
Ja, er kam ihr auch bekannt vor. Aber sie konnte sich nicht erinnern, wann und wo sie ihm begegnet war. Er fragte sie, wie es ihr gehe.
»Ich lebe allein«, seufzte sie, »und bin zurzeit arbeitslos.«
»Ich habe ein kleines vegetarisches Restaurant in Ohio«, sagte er, »und mir fehlt gerade eine zuverlässige Kellnerin. Bist du an dem Job interessiert?«
»Und ob!«, rief sie glückstrahlend.
Er nahm sie gleich mit und ließ sie in einem der Zimmer seiner Wohnung wohnen. Olga und Rosine kamen gut miteinander aus.

Diese rundliche junge Frau, die jetzt wieder rote Bäckchen bekam und gern lachte, war eine tüchtige Kellnerin. Und nicht nur das. Denn als Olga, als sie Kartoffeln holen wollte, die Kellertreppe hinunterfiel, sich die Hüfte brach und zwei Monate im Krankenhaus liegen musste, sprang Rosine als Köchin ein. Bald zeigte sich, dass sie nicht nur gelehrig, sondern auch erfinderisch war: Sie dachte sich neue Gemüsegerichte aus, eines köstlicher als das andere. Sie kombinierte Rote Rüben mit Käse und war im Stande, den Gästen wahre Selleriewunder anzubieten. Und wenn

Basil mal in die nächste Stadt fahren musste, kümmerte sie sich darum, dass im Restaurant alles reibungslos lief.

Nein, eine einigermaßen appetitlich aussehende, junge Vampirin, die sich entschließen konnte einen rundlichen, rotwangigen, heiteren Antivampir zu heiraten, war weit und breit nicht in Sicht. Wenn Basil hätte warten wollen, bis ihm so eine über den Weg lief, wäre er wahrscheinlich bis an sein Lebensende allein geblieben.
Deshalb entschloss er sich nach gewissenhaftem Nachdenken und langen Beratungen mit Olga, eine Menschenfrau zu heiraten.
Vier Monate nach Rosines Ankunft verlobte er sich mit Lissy, der Tochter des Gemüsefarmers. Sie war dessen einziges Kind und würde einmal die Farm erben. Alles in einer Hand, Farm und Restaurant – eine vernünftige Sache!
Lizzy sah sehr elegant aus. Sie trug jede Woche eine andere Haarfarbe und eine andere Frisur. Sie arbeitete nicht auf den Gemüsefeldern, weil das, wie sie sagte, ihren Händen schade. Am liebsten ließ sie sich in Basils Restaurant bewundern. Gern sang sie den Gästen, während sie aßen, etwas vor. Dann zitterten die Teller und die Gläser klirrten. Von ihrem Gesang wurden die Salate bisweilen so sauer, dass sich die Gäste beschwerten.

Das alles hätte Basil nicht ernsthaft gestört. Aber als Lissy immer heftiger von ihm verlangte, er solle sich doch seine beiden langen Eckzähne abfeilen lassen, trennte er sich wieder von ihr.

Er hatte inzwischen gemerkt, wer besser zu ihm passte: Rosine. Sie war zwar auch keine Vampirin, aber eine Frau, die sich an Basils Eckzähnen nicht störte. Er hätte sich auch nicht an ihren Pickeln gestört. Aber sie hatte schon lange keine mehr. Sie trug kurzes blondes Haar, das immer blond blieb. Sie konnte gut kochen und gut rechnen, zeigte sich immer nett zu den Gästen und war nicht darauf aus, vor ihnen zu singen – und vor allem: Auf sie konnte er sich verlassen.

»Willst du mich haben?«, fragte er sie. »So wie ich bin?«

»Genau so«, sagte sie.

Also heirateten sie. Und bereuten es nie.

Basil wird siebenfacher Vater

Basil ließ für Olga ein kleines Haus neben das große bauen.

»Denn«, sagte er zu ihr, »jetzt wird es bald laut bei uns werden. Du sollst deine Ruhe haben, wenn dir danach ist.«

»Und die Wohnung putze jetzt ich«, fügte Rosine hinzu.

»Aber kochen darf ich doch noch?«, meinte Olga augenzwinkernd.

»So lange du magst«, lachte Basil.

Ein Jahr später bekamen sie ihr erstes Kind. Es war ein rundlicher, rosiger Bub mit so blondem Strohhaar und so blauen Augen, wie Rosine sie hatte. Basil war gespannt, ob er Vampirzähne bekommen würde. Aber ihm wuchsen keine. Die Eltern nannten ihn Jim, nach Rosines Vater. Klein-Jim war ein vergnügtes Kind.

»Der wird nicht so traurig, wie ich mal gewesen bin«, meinte Rosine froh.

Ihr nächstes Kind wurde eine Tochter, der auch niemals Vampirzähne wuchsen. Sie war rotblond – und von Sommersprossen übersät.

»Solches Haar hatte meine Mutter«, erzählte Rosine, »und Sommersprossen hatte mein Vater. Und sie scheint so ängstlich zu sein, wie ich als Kind war.«

»Nun«, meinte Basil und zwinkerte ihr zu, »dagegen gibt es ja Mittel, nicht wahr?«

»Wollen wir die Kleine nach deiner Schwester Jette nennen?«, fragte Rosine.

»Um Himmels willen«, rief Basil. »Bloß nicht!«

Sie nannten sie Rosine, nach ihrer Mutter, und riefen sie Rosi, weil sie so rosig war.

Die beiden Erstgeborenen hatten rotes Blut. Das konnten die Eltern sehen, als sich die Kinder zum ersten Mal beim Spielen die Knie aufschlugen.

»Es sieht so aus, als ob unsere Kinder nach dir geraten«, sagte Basil.

»Warte ab«, meinte Rosine. »Wir wollen doch noch nicht Schluss machen mit dem Kinderkriegen – oder?«

Der Dritte war ein Junge mit schwarzen Augen und schwarzem Haar. Seine Blässe fiel jedem auf. Auch seine Länge – und sein Ernst. Aber er war nicht mager und faltig und roch nicht nach Moder. Allerdings wuchsen ihm später lange Eckzähne.

»Der ähnelt mir wenigstens ein bisschen«, sagte Basil

zufrieden. »Er soll Rasputin heißen, wie mein Opa aus den Karpaten.«
»Mit diesem Namen machst du ihm das Leben schwer!«, rief Rosine.
»Aber mein Opa war ein so lieber Mann«, sagte Basil träumerisch. »Könnten wir den Jungen nicht wenigstens ›Ras‹ oder ›Putin‹ nennen?«
»Das eine ist so scheußlich wie das andere«, seufzte Rosine.
Schließlich einigten sie sich darauf, die drei letzten Buchstaben von »Rasputin« wegzulassen und den Rest von hinten nach vorn zu lesen.
»Upsar«, sagte Rosine nachdenklich. »Klingt sehr männlich. Ich stelle mir vor, dass Kosaken so heißen.«
Dabei blieb's und Basil war froh, dass es ihm doch noch gelungen war, den Karpatenopa in seiner Familie zu verewigen.

Das vierte Kind, ein zappliges kleines Kerlchen, war wieder ein Junge, einer mit blonden Locken, aber schwarzen, lebhaften Kulleraugen. Er lernte schon sehr früh laufen. Wenn man ihn unterm Kinn kitzelte, konnte er herzhaft lachen. Seine Eckzähne wurden besonders lang.
»Der muss aber Basil heißen!«, rief Rosine. »Darauf bestehe ich!«
»Wer weiß, ob wir noch mehr Kinder bekommen

werden«, meinte Basil. »Ich muss unbedingt noch den Namen meiner Oma unterbringen. Bóschena.«
»Aber es ist doch ein Junge!«, rief Rosine.
»Tut nichts zur Sache«, meinte er. »In Amerika ist alles möglich.«
So kam es, dass sie ihr viertes Kind Bosch nannten.

Das fünfte Kind wurde wieder ein Mädchen, ein zartes blasses Baby mit fast farblosem Flaum auf dem Kopf, hellblauen Augen und zierlichen, eng anliegenden Öhrchen. Ein Püppchen wie aus Porzellan. Alle waren sich sicher: Dieses Kind war zu schön, als dass ihm Vampirzähne wachsen könnten!
Die Kleine bekam den Namen Olga. Die gute alte Olga Szeffczik wurde ihre Taufpatin.
»So, jetzt haben wir fünf«, sagte Basil. »Das reicht. Sonst überanstrengst du dich noch, Rosine.«
»Nur fünf?«, gab sie lachend zur Antwort. »Ach was. Ich wollte immer sechs. Eins werden wir wohl noch zu Stande kriegen …«
Das kriegten sie. Aber davor gab es eine kleine Überraschung: Dem Olga-Püppchen wuchsen doch Vampirzähne, allerdings nicht aus dem oberen Gaumen, sondern aus dem unteren. Deshalb standen sie nach oben.
»Das ist auch für Vampire ungewöhnlich«, sagte Basil bekümmert. »Egal ob sie sich unter Vampiren oder unter Menschen aufhält – man wird sie begaffen.«

Die jungen Eltern entschlossen sich, diese aufwärts wachsenden Zähne ziehen zu lassen. Das Baby bekam danach hohes Fieber, aber überstand es. Nun sah es wieder wie ein Püppchen aus und Olga verwöhnte es.

Basil und Rosine mussten sich wohl etwas zu sehr angestrengt haben, denn sie bekamen nach Olga Zwillinge: einen Jungen und ein Mädchen. Und beide waren grau, faltig und dürr und machten düstere Gesichter. Als die Hebamme sie badete, wunderte sie sich über die beiden Knorpel, die jedes von ihnen auf dem Rücken hatte.

»Die sehen ja fast aus wie Fledermäuse«, sagte sie bestürzt. »Fehlt nur noch, dass ihnen auch solche langen Eckzähne wachsen, wie Sie sie haben, Herr Grusel. Das scheint in Ihrer Familie wohl erblich zu sein? Wollen wir nur hoffen, dass sich das noch auswächst.«

Basil wartete, bis er mit Rosine allein war. Er setzte sich auf ihren Bettrand, nahm ihre Hand und seufzte: »Tja, jetzt haben wir zwei echte Vampire in der Familie. Du kannst dich darauf verlassen, dass sie schwarzes Blut haben.«

»Macht nichts«, sagte Rosine und streichelte die langen, schmalen Köpfe der Kinder. »Ich hab sie trotzdem lieb.«

»Solche Kinder haben sich meine Eltern gewünscht«, seufzte er. »Stattdessen haben sie mich gekriegt.«

»Soll der Bub Basil heißen?«, fragte Rosine.
Basil winkte ab: »Ein Basil ist genug.«
»Vielleicht sollten wir die beiden nach deinen Eltern nennen«, meinte Rosine. »Oder nach deinen Großeltern väterlicherseits?«
Er schüttelte den Kopf: »Ich erinnere mich nicht gern an sie.«
»Okay«, sagte Rosine. »Nennen wir sie einfach Charly und Jane. Diese Namen kennt hier jeder.«
Also hießen die beiden Jüngsten Charly und Jane. Sie waren von allen Gruselkindern die anstrengendsten, zumindest im Babyalter. Zwar schliefen sie tagsüber. Aber in den Nächten waren sie meistens wach und brüllten, wenn sich niemand mit ihnen beschäftigte. Oft nahm Olga sie zu sich hinüber, damit Rosine und Basil ruhig schlafen konnten.
Die Grusels hatten nun insgesamt sieben Kinder. Vier Jungen, drei Mädchen. Zwei ohne Vampirzähne, fünf mit. Zwei echte Menschen, drei Mischlinge, zwei echte Vampire.
Rosine hatte Mühe, ihre Rasselbande ruhig zu halten, wenn mittags und abends die Gäste ins Restaurant kamen. Aber jeden Montag, am Ruhetag, durften die Kinder toben und lärmen, so viel sie wollten, sowohl tags wie nachts. Sie durften wach bleiben, so lange sie wollten, und im Schatten der Bäume spielen. Der Montag war der schönste Tag für sie.

Die Gruselkinder

Jim und Rosi waren richtige Menschen. Sie besuchten Kindergarten und Schule. Ihre Noten konnten sich sehen lassen. Zu den Schulweihnachtsfeiern trug Jim selbst verfasste Gedichte vor. Rosi tanzte als Weihnachtsengel.

»Was für bildhübsche, gescheite Kinder!«, sagten die Flat Caker zueinander und applaudierten gerührt. »An ihnen werden nicht nur ihre Eltern, sondern wir alle sicher noch viel Freude haben.«

Upsar und Bosch sahen ihrem Vater ähnlicher als ihrer Mutter. Das lag vor allem an ihren Eckzähnen und ihren dunklen Augen. Upsar schoss in die Höhe und bewegte sich langsam und träge. Sein dunkles Haar war fast borstig. Je älter er wurde, umso stiller und ernster wurde er.

Bosch blieb sein Leben lang klein und zappelig. Seinem blonden Lockenkopf konnte man überall in Flat Cake begegnen. Natürlich wurden er und Upsar wegen ihrer langen Zähne gehänselt. Aber nachdem

Bosch ein paar der Quälgeister verhauen hatte, trauten sie sich das nicht mehr. Als er älter wurde, sehnten sich viele Flat Caker Mädchen danach, ihm mit der Hand über die Locken zu fahren und zu fragen: »Sag mal, sind deine Zähne wirklich echt?«

So unterschiedlich Upsar und Bosch auch schienen, so unzertrennlich waren sie. Upsar, der Klassenbeste, half seinem Bruder, der schwach in Mathe war. Upsar war ein großer Palatschinkenfan, Bosch war Bohnenfan. Bei Tisch saßen sie Seite an Seite. Keines der Geschwister wäre auf die Idee gekommen, sich dazwischen zu drängen.

Die Leute in Flat Cake liebten Upsar und Bosch nicht so wie Jim und Rosi. Wenn sie ihnen begegneten, schlugen sie die Stirn in Falten. Solche Zähne trägt man nicht in Flat Cake, fanden sie.

Olga-Püppchen gegenüber waren die Leute noch zurückhaltender. Freilich, von dem Baby waren sie ganz entzückt gewesen: So etwas Zartes und Niedliches! Aber als der Kleinen die Eckzähne aus dem Mund gewachsen waren, noch dazu nach oben, hatten sie sich erschrocken abgewandt. Gewiss, es kam manchmal vor, dass Kinder missgestaltet zur Welt kamen. Auch in Flat Cake waren schon Babys ohne Daumen geboren worden. Es gab zwei Liliputaner in der Stadt – und einen Albino. Aber solche Eckzähne – die erinnerten eindeutig an Vampire! War Basil Grusel, dieser zugezogene Restaurantbesitzer, etwa …? Dann wäre seine Tochter mit diesen nach oben wachsenden Eckzähnen also ein behinderter Vampir?

Wie schon erwähnt hatten die Gruseleltern der Kleinen die beiden Zähne ziehen lassen. Nun war alles gut – bis auf die Hautfarbe. Das Kind war so blass! Ja fast grau. Aber daran gewöhnte man sich. Olga-Püppchen kam in die Schule und es zeigte sich, dass alle Kinder auf sie flogen. Jeder wollte Olgas Freund oder Freundin sein.

Bis ihr die Milchzähne ausfielen und die zweiten Zähne nachwuchsen. Ihre neuen Eckzähne wurden doppelt so dick und lang wie die alten. Richtige Wildschweinhauer. Da wollten die Kinder nichts mehr von Olga wissen. Das Kind weinte und wollte nicht mehr zur Schule gehen.

»Ziehen?«, sagte der Zahnarzt. »Geht nicht. Dann hätte Olga lebenslang zwei Zahnlücken. Aber die Hauer lassen sich auf normale Größe abschleifen.«

Er schliff sie ab. Jetzt war Olga wieder das niedliche kleine Mädchen, nur noch blasser als sonst, denn die Prozedur war sehr schmerzhaft gewesen.

Diesen Eingriff überstand Olga allerdings nicht. Noch in der Nacht bekam sie Schüttelfrost und hohes Fieber. Am nächsten Morgen war sie tot. An ihrem Begräbnis nahmen viele, viele Leute teil. Halb Flat Cake war auf den Beinen. Und auch über hundert Vampire aus Charleston, West Virginia, waren über

den Fluss gekommen, um diesem Halbvampirchen die letzte Ehre zu erweisen.
»Es sind doch gute Leute, die Grusels«, sagten die Flat Caker, als sie wieder heimgingen.

Nur mit den beiden Jüngsten, Charly und Jane, wurden sie nicht warm. Die waren aber auch so anders: Sie schauten so düster aus den Augen! Meistens ließen sie ihre Eckzähne lang herausragen statt sie einzuklappen.
Sobald sie nicht mehr nur von Muttermilch satt wurden, hatte Rosine Probleme: Sie spuckten alles aus, was sie ihnen vorsetzte: Gemüsebrei, Grießbrei, Milchreis, Haferschleim.
»Probier's mal mit Blut«, sagte Basil.
Sie sah ihn entsetzt an: »Mit Blut? Wo soll ich das hernehmen, wo wir doch fleischlos leben!«
Er besorgte Blut aus einer Schlachterei. Charly und Jane konnten nicht genug davon kriegen. Ihre düsteren Augen glänzten.

Es dauerte eine Weile, bis Rosine sich daran gewöhnt hatte, dass ihre Jüngsten echte Vampire waren, die schwarzes Blut in den Adern hatten und sich fast nur von Blut ernährten!
Sie wagte nicht, ihnen Blut für die Vesperpause mit in die Schule zu geben. Das hätte die anderen Kinder erschreckt. Aber zu Hause tranken sie sich satt. Basil musste ganze Kästen voll blutgefüllter Flaschen herbeischaffen. Die Geschwister schauten ihnen kopfschüttelnd zu, Upsar und Bosch flüchteten ins Freie.

Sobald die Kinder in der Schule erkannten, wovon die Grusel-Zwillinge sich ernährten, machten sie einen Bogen um sie. Und als Charly einmal einem Jungen, der ihn wegen seiner langen Zähne hänselte, wütend

zurief: »Hör auf oder ich saug dich aus!«, bekamen sie Angst vor ihnen.

»Arme Rosine«, tuschelten die Flat Caker. »Womit hat sie solche Kinder verdient? Basil ist schuld daran. Er kann zwar ausgezeichnet kochen und auf sein Restaurant lassen wir nichts kommen. Aber woher und aus welchen Verhältnissen er wohl stammt? Jetzt müssen wir Charly und Jane, diese beiden finsteren Gestalten, unter uns dulden. Wer weiß, ob aus ihnen später nicht mal Bankräuber oder Mörder werden …!«

Als die Zwillinge anfingen sich nachts über die Hunde und Katzen der Umgebung herzumachen, um sie auszusaugen, meldete Basil sie von der Flat Caker Schule ab und brachte sie über den Fluss ins Vampir-Internat in Charleston, West Virginia. Dort gediehen sie prächtig und waren sehr gute Schüler. Vor allem in Blutkunde hatten sie die besten Noten. Sie kamen nur in den Ferien heim.

Aber mit etwa vierzehn Jahren begannen sie auch Menschen anzufallen, um ihnen Blut auszusaugen. Da konnten sie ihre Ferien nicht mehr in Flat Cake verbringen. Denn wer im Staat Ohio Menschen in den Hals beißt, landet im Gefängnis. Deshalb fuhr die Familie Grusel einmal im Monat über den Fluss und besuchte die Zwillinge. Einen ganzen, glücklichen Tag lang.

Noch ein Geheimnis zum Schluss

Basil und Rosine wurden langsam alt und ihre Kinder wurden erwachsen.
Jim, der Älteste, war ein unsteter, unruhiger Mensch. Erst wurde er Dichter. Er schrieb unzählige Gedichte und die Mädchen hingen an seinen Lippen, wenn er sie vorlas. Aber nur dreizehn von ihnen wurden gedruckt.

Um nicht zu verhungern, wechselte er in die Musikbranche und wurde Sänger. Für eine kurze Zeit war er sehr bekannt und alle jubelten ihm zu. Er heiratete eine Sängerin und war zwei Monate lang sehr glücklich.
Aber wie das so ist: Bald wollte niemand mehr seine Lieder hören und seine Frau ließ sich von ihm scheiden.

Da wurde er Straßenmaler in der Fußgängerzone. Danach Filmschauspieler. Er heiratete seine Filmpartnerin. Aber die trennte sich nach einem Jahr von ihm, weil er keine Rollen mehr bekam. So ging das weiter in seinem Leben: mal rauf, mal runter, und insgesamt hatte er nacheinander fünf Frauen.
»Junge, komm doch heim und hilf mit im Restaurant«, sagte ihm Basil immer wieder. »Ich zahle dir einen guten Lohn ...«
Aber Koch wollte Jim nicht sein. Und auch nicht Kellner. Lieber hungerte er.

Bei Rosi entwickelte sich alles ganz anders: Sie heiratete einen jungen Bäcker, der die Bäckerei seiner Eltern übernahm. Die lief prächtig, denn sein Brot war gut, seine Brötchen waren beliebt. Rosi half mit im Laden. Sie und ihr Mann waren Mitglieder in vier Klubs. Rosi wurde immer molliger und bekam ein Kind nach dem anderen, insgesamt fünf. Eines hatte lange Eckzähne. Um Rosi und ihre Familie brauchten sich die Grusel-Eltern keine Sorgen zu machen.

Upsar und Bosch blieben zusammen, auch als sie erwachsen waren: Der Ältere kaufte dem Gemüsefarmer nebenan alle Felder ab und baute Gemüse an. Der Jüngere betrieb zusammen mit seinem Vater BASILS BÄCKCHEN. Aber dabei blieb es nicht. Bosch gründete ein zweites vegetarisches Restaurant in Columbus, der Hauptstadt von Ohio, ein drittes in Charleston, der Hauptstadt von West Virginia. Ja, er baute nach und nach eine ganze Kette vegetarischer Restaurants auf, die sich immer mehr ausbreitete. Bald gab es BASILS BÄCKCHEN im Yellowstone Park und an der kanadischen Grenze, in Kalifornien und in Florida, in Washington und in New York. Wer in einem BASILS BÄCKCHEN aß, wusste, er tat seinem Körper etwas Gutes, denn er aß gesund.

So eine Riesenkette von Restaurants braucht viel Gemüse. Und so kaufte Upsar rings um Flat Cake weitere Felder auf und bebaute sie mit allem erdenklichen Grünzeug. Auch in anderen Gegenden der USA legte er riesige Gemüse- und Obstfarmen an. Die beiden Brüder fassten Farmen und Restaurants in einer Gesellschaft zusammen und teilten Arbeit und Einkünfte. Upsar war zuständig für alle geschäftlichen Angelegenheiten, Bosch reiste herum und sorgte dafür, dass alles reibungslos lief und neue Restaurants an guten Plätzen entstanden.
Upsar und Bosch wurden steinreich. Die Flat Caker waren stolz auf sie. Deshalb taten sie so, als gäbe es ihre langen Eckzähne gar nicht.
Bosch heiratete eine Schwarze. Sie bekamen drei Kinder: ein kaffeebraunes mit langen Eckzähnen, ein dunkles, heiteres und ein graublasses ohne Vampirzähne, das nicht lachen konnte.

Upsar blieb allein. Ab und zu fuhr er in seinem Automobil in eine der umliegenden Großstädte, wo ihn niemand erkannte. Dort machte er sich an düsteren Abenden auf die Suche nach Menschen, denen alle Hoffnung abhanden gekommen war, biss sie in den Hals und versorgte sie mit frischem, warmem Blut. Wie freute er sich, wenn sie wieder rote Wangen und Lust aufs Leben bekamen!
Er war also ein Antivampir, wie sein Vater. Manchmal waren sie gemeinsam unterwegs, er und Basil.
»Übernehmt euch nicht«, rief Rosine ihnen nach, wenn sie abfuhren. Und nach ihrer Heimkehr kochte sie ihnen eine besonders große Portion Spinat.

Und Charly und Jane? Kaum waren sie erwachsen, baten sie ihren Vater um Reisegeld. Sie wollten ihre Großeltern in Prag kennen lernen und dort auf der Kleinseite, im Vampirviertel, zwischen ihresgleichen weiterleben, wo sie nicht auffielen. Wo sie so sein durften, wie sie waren.

Basil erfüllte ihren Wunsch. Mochten sie dort glücklich werden! Er und Rosine brachten sie zum New Yorker Hafen und winkten ihnen nach.

Ja, die Zwillinge fanden ihre Großeltern auf der Kleinseite: Jarmil und Jule Grusel. Sie lebten beide noch und betrieben noch immer ihre Schweinezucht, obwohl sie schon ganz krumm gingen. Sie freuten sich riesig, als sie begriffen, dass diese jungen Vampire ihre Enkel waren. Auch Jette, inzwischen eine unter den Vampiren Europas sehr bekannte Zahnärztin, freute sich mit. Sie bewohnte ein Palais in den oberen Gassen der Kleinseite.

Es kam alles so, wie es für ein richtig schönes Happy End kommen muss: Jane studierte Zahnmedizin auf der Prager Universität. Sie heiratete einen jungen Vampirzahnarzt. Gemeinsam übernahmen sie später Jettes Praxis.

Charly, der sich jetzt Karel nannte, übernahm auch etwas: nämlich den Schweinezuchtbetrieb seiner Großeltern, und vergrößerte ihn ums Vierfache. Er verkaufte nicht nur Schweineblut, sondern auch Schweinefleisch – gekocht, gepökelt, geräuchert und auf viele verschiedene Arten gewürzt. Seine Dosengerichte wurden ein Kassenschlager!

Zum Schluss muss ich meinen Lesern etwas verraten: Der alte Basil, der in Flat Cake in Amerika lebte, war mein Urgroßvater. Ich bin ihm nur ein einziges Mal begegnet: als ich fast vier Jahre alt war. Er kam mit Rosine nach Prag, um Charly und Jane und deren Familien zu besuchen. Und um seiner Frau zu zeigen, wo er geboren war und seine Kindheit verlebt hatte. Seine Eltern Jarmil und Jule lebten da schon nicht mehr.
Eigentlich hatte er mehrere Wochen bleiben wollen, aber Rosine vertrug den modrigen Geruch der Vampirhäuser nicht. Sie geriet immer wieder in Atemnot und musste Sauerstoff inhalieren. Deshalb blieben sie nur ein paar Tage.
Ich lebte damals mit meinen Eltern in Prag, weil mein Vater an der Universität studierte. Wir wohnten auch auf der Kleinseite. Ich hatte gerade eine schwere Lungenentzündung hinter mir und war noch ziemlich blass und schwach, als Basil und Rosine bei uns auf dem Sofa saßen.
Da spendete er mir Blut. Das war toll. Mir wurde so wunderbar warm, ich fühlte mich auf einmal so wohl und bekam rote Bäckchen und lachte. Und er freute sich, dass er mir hatte helfen können.

Ob ich auch lange, spitze Eckzähne habe?

O nein! Aber ich bin pauswangig und scharf auf Spinat. Und wenn ich jemandem begegne, der blass ist und den Eindruck macht, als habe er alle Hoffnung verloren, überkommt mich ein unbändiges Verlangen, ihn zu umarmen.

Inhalt

mehr lesen von Anita Siegfried:

Danni ist allein zu Hause. Bevor Mama ins Kino gegangen ist, hat sie Danni noch aus dem Kleinen Prinzen vorgelesen. Ein Gewitter zieht auf. Durch das offene Fenster fährt ein Windstoß. Das Flugzeug über dem Bett schaukelt hin und her. Danni versucht einzuschlafen, aber es geht nicht. Da – ein Knattern. Auf der Bettdecke landet ein Flugzeug …

»Eule des Monats« *Bulletin Jugend & Literatur*
»Die bestens 7« *DeutschlandRadio und Focus*

Ab 8 Jahren. 64 Seiten. In Nachtblau gedruckt.
Durchgehend illustriert von Hannes Binder
ISBN 3-7941-6040-1

Sauerländer
Patmos Verlagshaus
www.patmos.de